KB164972

우리가 중년을 오해했다

두 번째 50년을 시작하는 청춘들에게

우리가 중년을 오해했다

박성주

담다

차례

PART2 평균이 아니라 균형을 추구하는 삶

PART3 중년도 체력이 필요하다

PART4 하고 싶은 게 있다는 것

프롤로그

우리가 중년을 오해했다

중년이지만
아직 청춘입니다

아름다움을 발견하고 즐겨라

약간의 심미적 추구를 게을리 하지 마라

그림과 음악을 사랑하고

책을 즐기고

자연의 아름다움을 만끽하는 것이 좋다

· 윌리엄 셰익스피어 ·

어머니 약 처방을 위해 파티마병원에 왔다. 오랜 기다림에 비해 의사와의 상담 시간은 짧았다. 1분이 채 걸리지 않았다. 어차피 보호자만 왔으니 진료라고 할 것도 없었다.

"어르신은 좀 어떠세요?"
"네. 여전하십니다."
"음…. 그러면 약은 3개월 치 그대로 처방하겠습니다."

처방전을 받고 다음 내원 일정을 예약했다. 약이 나오기를 기다리며 다이어리에 다음 예약 날짜를 입력하는 건 10년도 넘게 반복하는 일이다. 문득 이런 생각이 들었다.

'3개월 후라는 시간은 현실적으로 존재하는 것일까?'
'그때면 계절이 바뀌어 있듯 지금과 상황이 달라져

있을까?'

모든 사람이 죽는다는 사실은 알고 있지만, 자신의 죽음만은 절대 믿지 않는 것처럼 단지 3개월인데도 현실감이 없다. 그러다가 막상 예약일이 되면 '시간 참 빠르다'라고 말할 뿐이다.

주차장을 돌아 나오자 따뜻한 봄 햇살에 눈이 찌푸려졌다. 다음번에는 뜨거운 초여름을 이 길에서 만나게 될 것이다. 바로 앞 아파트 공사 현장의 모습도 달라져 있을 테고. 그때 또 '시간 참 빠르다'라고 말하겠지. 어머니 연세가 아흔을 훌쩍 넘기셨으니 얼마나 오래 약 타는 일을 반복할 수 있을지 알 수 없다. 그런데도 마치 끝이 없을 것처럼 희망하는 나 자신이 애처롭다. 3개월마다 병원을 향하면서 세월을 깨닫는다. 그것은 어머니 문제이기도 하지만 또한 내 문제이기도 하다.

오십을 넘기고 나니 가끔 이유 없이 불안하고 걱정에 휩싸일 때가 있다. 퇴사에 대한 압박과 그 후에 마주하게 될 경제적인 문제, 건강 문제, 외로움 등. 이런 것들이 예고 없이 불쑥 자신의 존재를 드러낸다. 열심을 내어 노력하더라도 대비할 수 없는 문제는 늘 존재한다. 철저히 대비하더라도 불안은 온전히 사라지지 않는다. 노력하면 안전할 수 있다는 것에 가능성을 두지 않기로 했다. 불안 너머의 현실에만 매달리지 않고, 잊고 있었던 꿈을 생각해 내고, 지금 나를 행복하게 하는 결정과 도전을 실행하기로 했다. 불안은 통장 잔고로 막을 수 없고 행복은 다른 것과 비교해 판단할 수 없다.

이 책은 나를 포함한 중년의 인생에 관한 이야기다. 또한 일상에 관한 이야기이기도 하다. 무작정 걸으면서 떠오르는 상념에 대한 정리되지 않은 나의 바람도 있고, 어머니처럼 늙으면 좋겠다 싶다가도 한순간 두려워지기도 하는 나이 듦에 대한 독백도 있다. 인생이 마치 여행 같다는 생각이 든다. 그리고 앞으로 남은 날도 이와 같으리라 생각하며 어디서 살든 여행자로서의 태도에 관해 고민하게 된다. 궁극적인 여행의 설렘을 생각하면 때때로 닥치는 어려움이 결코 절망적이지만은 않을 것이다. 힘든 경험일수록 소중한 추억으로 기록될 수 있다.

어머니는 어떤 여행자로 살아오셨을까. 이제 사회로 나가는 내 딸은 또 어떤 모양으로 인생을 여행하게 될까. 어머니의 삶을 바라보며 인생 후반전을 살아가는 나는 어떤 삶을 살 것인가. 끊임없이 질문이 이어진다.

책을 쓰면서 성장 드라마를 보듯 다시 가슴 설레는 경험을 하게 되었다. 이 책은 먼저 나를 위한 것이고, 다음으로 함께 인생을 여행하는 동지들과 더 나아가 무수한 갈림길에 서 있는 중년들을 위한 책이다. 이 책이 누군가에게 작은 희망이 될 수 있다면, 나와 같은 고민 속에서 멈추지 않고 다시 시작할 마음을 갖게 된다면 감사하겠다. 습관을 따라 살 것도 아니고, 효용성만을 따질 것도 아니다. 무모할지라도 당당하게 자신만의 여행을 시작할 수 있기를 희망한다.

끝으로, 함께 인생을 여행하는 사랑하는 아내 권순이와 실행되지 못한 채 머릿속에서 떠다니던 숱한 조각을 글로 옮길 수 있도록 용기를 준 담다 출판사에 감사드린다.

다섯 시의 남자,
박성주

PART1

우리가 중년을 오해했다

대한민국에서
중년 남자로 살아간다는 것

20살 땐

다른 사람이 우리를 어떻게 생각하는지 걱정한다

40살이 되면,

다른 사람이 어떻게 생각하든 신경쓰지 않는다

60살이 되면,

다른 사람이 우리를 전혀 생각하지 않았다는 걸 알게 된다

· 앤 랜더스 ·

68년생 박성주

소설 『82년생 김지영』이 여자로 살아가는 것에 대한 현실을 이야기했다면, 나는 요즘 중년으로 살아가는 것에 대한 슬픈 이야기를 주변에서 자주 듣는다.

직장 생활을 하던 친구들은 거의 다 퇴사했다. 사회가 디지털 세상으로 바뀌면서 햄버거 하나 주문하기도 어려워진 현실에 막혀 늘 하던 익숙한 일들만 찾고 있다. 퇴직하고 나서야 지금까지 쌓아 온 지식이 거의 쓸모없게 되었다는 것을 깨달았다.

아침에 스크린 골프장에 가면 방마다 남자들이 들어차 있다. 싼 곳은 오전에 만 원씩만 내면 친구들과 몇 시간을 보낼 수 있다. 나와서는 칼국수 가게나 생선구이 가게에 가서 점심을 먹는다. 그러고도 반나절이 남는다. 할 일은 없다. 등산을 가든지 집에서 리모컨을 들고 있든지 한다. 가능한 한 돈을 아낄 수 있는 걸 택한다.

이미 다 커 버린 아이들과는 할 말이 별로 없고, 아내는 늘 바쁘다. 집에서는 주도권을 잃었다. 연세 많으신 부모님과의 대화도 한두 마디뿐이다. 서먹하다. 편한 옷차림으로 동네를 다니기도 어색하고, 낮에 그렇게 어슬렁거리는 것도 편치 않아 잘 움직이지 않는다. 재취업에 성공한 친구들이 부러운 것은 단순히 월급 때문만이 아니다.

장사를 할까 하고 계획을 세워 보지만 덜컥 겁부터 난다. 자기 계발서를 읽거나 강의를 들어 봐도 의욕이 생기는 건 그때뿐이고, 돌아서면 또 자신감이 없다. 부동산 투자나 주식, 비트코인 같은 것을 이야기하지만 누가 망했다는 소리만 들어도 내 일처럼 간담이 서늘해진다.

한때 386세대라 불리며 사회를 주도했던 우리는 스

스로 존재감을 잃어 가고 있다. '앞으로 40~50년을 이렇게 살 수는 없다'라고 생각하지만 뚜렷한 해법도 없다. 50년 넘게 살아왔지만 내 이름 세 글자 앞에 붙어 있던 직책을 떼고 나니 '나'라는 브랜드가 과연 얼마만큼 가치를 지니는지 돌아보게 된다.

다시 공부해 대학이라도 들어간다는 심정으로 이것 저것 찾아본다. 그리고 뭐라도 준비해야겠다고 다짐한다(다들 그런 생각을 하지만 선뜻 움직이지는 못하고 고민만 깊어 간다). 쉽게 만족하지 않고 미리 포기하지 않기로 했다. 시작이 두려운 건 다음 기회가 없다고 생각하기 때문이다. 그렇다고 기약 없이 마냥 기다릴 수만은 없다.

나이는 중년이지만 청춘의 패기로 일어서자. 아직은 그래도 된다.

키오스크 전문가

점심을 혼자 먹을 때가 많다. 별로 어색하지 않다. 인근 프랜차이즈 식당들의 테이블은 대부분 사이즈가 작다. '혼밥'이 대세이긴 한가 보다.

여기서는 말이 필요 없다. 그게 좋은지 어떤지는 모르겠다. 키오스크 앞에 서서 매장 식사를 선택하고, 메뉴를 고르고, 추가 선택을 누른 뒤 계산만 하면 된다. 옆에 있는 정수기에서 물을 받아 자리에 앉는다. 단무지도 덜어 두고 물수건으로 손을 닦으며 트레이 놓을 자리를 가늠해 본다. 굳이 의식하지 않아도 모든 동작이 물 흐르듯 자연스럽게 이어진다.

혼자 테이블에 앉아 있는 것도 익숙해졌다. 젊은 사람만 혼자 있는 건 아니다. 다양한 사람이 서로를 의식하지 않고 자신만의 자리를 차지하고 있다. 주변 사람들이 마치 조형물처럼 인식된다. 시선도 없고, 의식도 하지 않고, 오로지 목적과 시간만이 공간을 차분히 채운다. 여럿이 몰려와도 주문 따로, 계산도 따로 한다. 그러고는 자기 휴대전화만 바라볼 뿐이다.

음식이 나오는 속도만큼이나 빨리 식사를 끝내고 트레이를 반납하면서 겨우 입을 뗀다.

"잘 먹었습니다."

주방까지 들렸을지 알 수 없다. 어차피 중요한 의식을 치르듯 스스로 빠짐없이 반복하는 일이다.

옆 테이블을 보며 눈인사를 나누거나 괜한 관심을 농담처럼 주고받던, 마치 모두가 이웃 같던 식당의 모습은 이제 사라졌다. 시장 장날에서조차 인심이란 것이 설 자리를 잃었다. 그렇지 않아도 외로운 중년들이 익숙하지 않은 키오스크 앞에서 민망한 듯 혼잣말을 해야만 하는 현실을 마주하고 있다.

빠르고, 바쁘게 외로운 공간이 늘어난다. 풍요로움을
지향하며 애쓰는 만큼 중년의 자리는 더 좁아져 간다.

아이스 아메리카노
따뜻하게 부탁합니다

다들 아이스를 시키니 나도 같은 걸로 달라고 했다. 사실 차가운 건 싫다. 날도 추운데 냉커피라니… 그래도 통일해 주문해야겠다고 생각했다.

'그래야 무난하게 어울릴 수 있겠지. 다른 걸 시키면 별나다고 생각하지 않겠어. 그러면 안 되지. 같이 가야지.'

사실 커피 자체를 좋아하지 않는다. 예전에 커피 가게를 운영한 적이 있는데 그때도 믹스커피를 마셨다. 인생도 이렇게 살았다. 취향 같은 걸 꼼꼼히 따지지 않는 게 미덕이었다. '같이 하는 게 중요하지'라는 말도 안 되는 동지의식을 당연하게 생각했다. 주변 사람 대부분이 이런 나를 좋아했다. 가끔 안 맞는 사람이 있었지만, 그들에게도 최대한 맞춰 주려고 무지 노력했다.

글을 쓰면서 나를 똑바로 보았다. 어쩌면 나이가 들어서 그럴 수도 있겠지만 확실히 글로 정리해 보니 평범하다고 생각했던 사고가 더러는 황당한 것임을 알게 되었다. 나만 그런 줄 알았는데 아니었다. 사람마다 차이는 있지만, 까칠하고 이기적이라 생각했던 이도 다른 사람 눈치를 봤다. 자기가 좋아서 저러겠지 했는데 알고 보니 남들 시선을 의식하는 거였다. 좋은 차를 타거나 명품 옷을 입거나 시계를 차는 것도 그런 이유가 작용했다.

베트남 다낭에서 한 달 살기를 하는 분을 만난 적이 있다. 시장에서 산 티셔츠를 입고 작은 오토바이를 타고 다녔다. 자기 생활에 아주 만족해했다. 한국에서는 그러지 않았다고 한다. 여기서는 눈치 볼 사람도 없고 몇몇 알게 된 교민도 비슷하게 하고 다니기 때문에 상관이 없단다. 다시 한국에 들어가면 이전보다 조금은 하고 싶은 대로 편하게 살면 좋겠다는 생각이 들었다.

아이스아메리카노를 따뜻하게 시키는 사람은 없다. 하지만 중년들은 자기 생각을 제대로 표현하는 것을 머뭇거린다. 혼자서 뭔가 하는 걸 어색해하기 때문이다. 여행하거나, 밥을 먹거나, 차를 마시거나, 심지어 사업을 하면서도 혼자서 결정하는 것을 두려워한다. 나이가 들면 친구의 존재가 더 중요해지지만, 그럴수록 혼자 시간을 보내는 것이 힘들지 않아야 한다. 그래야 내가 원하는 인생을 살 수 있다. 자기 자신을 스스로 존중해야 남도 존중할 수 있기 때문이다.

나는 씁쓸한 아메리카노보다는 달달한 라테가 좋다. 뻑뻑한 율무도 좋고, 뜨끈한 쌍화차도 좋다. 사실 커피 말고 좋아하는 게 많다. 오늘은 정말 원하는 걸 눈치 보지 말고 주문해 봐야겠다.

어서 와,
중년은 처음이지

편지를 쓰던 시절이 있었다. 우체부 아저씨가 답장을 들고 오기를 기다리며 안절부절못하던 때가 있었다. 군대 있을 때 저녁 점호가 끝나고 전달되는 편지는 가슴이 쿵쾅거려 주체가 안 될 만큼 나를 흥분시켰다. 화장실에 앉아 몇 번을 읽었다.

연애편지를 쓸 때는 기도하는 마음으로 심혈을 기울여 온갖 미사여구를 동원해서 쓴다. 물론 다음 날 아침에 다시 읽어 보면 도저히 부칠 수가 없다. 내가 봐도 오글거린다. 고쳐 쓰기를 몇 번이고 반복한 다음에야 고이 접어 우체통에 넣는다. 그리고 또 기다림이 계속된다.

글쓰기도 마찬가지다. 분명 어젯밤에는 완벽한 표현이었는데, 아침이 되면 느낌이 달라져 있다. 지금도 매번 느끼는 감정이다. 이대로는 도저히 안 되겠다 싶어 다시 고민하고 고치고, 그리고 또 용기를 낸다.

글 내용을 묵상하고, 하고 싶은 얘기가 무엇인지 깊이 고민하다 보면 생각지도 못한 문장이 툭 튀어나올 때가 있다. 반면 너무 멋진 표현이지만 문맥상 잘라내야 하는 일도 있다. 그렇게 글이 정리되고 생각이 정리되면서 덩달아 내 마음도 조금씩 깊어진다.

지난 세월을 돌아보고 남은 인생을 계획하는 것은 쉬운 일이 아니다. 순조롭게 술술 이어질 수 있는 것이 아니다. 지난한 작업의 연속이고, 도무지 나아질 것 같지 않은 그저 무의미해 보이는 반복을 묵묵히 이어가는 일이다. 순탄한 인생을 산 사람은 아무도 없다. 그런 인생은 소설 속에도 나오지 않는다. 아무리 별탈 없이 살았을 것 같은 인생도 들여다보면 수많은 주름과 상처와 패인 옹이가 존재한다. 저기서 힘들었겠구나 싶어 마음이 동하게 된다. 우리는 서로의 세월을 돌아보면서 위로를 얻는다. '모두 힘든 인생이었구나, 나도 다시 힘을 내야겠구나' 하는 마음이 생긴다.

인생도 마치 편지 쓰기와 같아서 자고 일어나면 후회되기도 하고, 실수하고 좌절하기도 한다. 하지만 고쳐 쓰기를 하듯 다시 시작하면 된다. 처음부터 잘하는 사람은 없다. 우리 부모님도 그랬고 선생님도 그랬다. 내가 부모가 되고 선생이 되어 보니 알겠다. 그들이 용기를 내어 다시 시작했듯이 나도, 우리도 다시 쓰면 된다.

드라마 〈응답하라 1988〉의 한 장면이 생각난다. 언니와 생일이 비슷한 덕선이는 매년 케이크 한 개를 사서 언니의 생일을 축하한 뒤 초를 몇 개 빼고 다시 자기 생일을 축하하는 상황이 너무 싫었다. 결국 울면서 소리친다.

"내가 내 생일 케이크 따로 준비해 달라고 했잖아!"
"왜 언니랑 동생은 닭 다리를 먹고, 나만 날개를 줘?"

"왜 언니랑 동생은 달걀프라이 주고, 나는 콩자반만
주는데?"
"왜 언니 이름은 보라고, 동생은 노을인데, 내 이름만
덕선이냐고!"

소리 지르는 덕선이를 보며 아빠는 야단치지 않는다.
케이크를 다시 준비해서 덕선이의 나이만큼 초를 꽂
고 생일을 축하해 준다. 그리고 이렇게 말한다.

"덕선아! 아빠 엄마가 미안하다. 잘 몰라서 그래.
아빠도 아빠가 처음이잖아."
"아빠도 태어날 때부터 아빠가 아니었잖아.
아빠 엄마 좀 봐줘."
"우리 딸, 언제 이렇게 예쁘게 커서 아가씨가 되었니?"

이 장면은 다시 봐도 눈물이 찔끔 난다. 아빠도 처음
이라는 말. 나도 딸에게 해 주고 싶은 말이다.

오늘도 처음이다. 반복처럼 느껴지지만, 우리 인생에 처음이 아닌 날은 없다. 그저 지나가는 날이 아니다. 옛날 연애편지를 쓰던 그 마음으로 일어나서 다시 쓰면 된다. 힘든 일을 겪어도, 감사하게도 매일 새로운 아침이 찾아온다.

잃어버린 인생을
엉뚱한 곳에서 찾지 말자

미국 시트콤 〈왈가닥 루시(I love Lucy)〉의 한 장면
이다.

남편 리키가 집에 들어와 보니 루시가 거실 바닥을
구석구석 기어 다니고 있었다. 루시에게 도대체 뭘 하
느냐고 물었더니 귀걸이를 잃어버렸다고 했다.

"거실에서 잃어버린 거야?"
"아니, 침실에서 잃어버렸어. 그런데 거기보다는 여기
가 훨씬 밝아서."

루시의 이야기지만 내 얘기기도 하다. 그저 열심히만
하면 되는 줄 알았다. 결과에 상관없이 자기만족 정
도는 얻을 수 있으리라 생각했다. 그러다 어느 날 '왜
이렇게 된 거지?' 깨닫고 그 원인을 또 다른 곳에서
찾게 된다. 결말이 뻔하다.

나이가 오십이 넘고 또 몇 년이 지났다. 마흔쯤에 하던 고민을 아무 반성 없이 지금도 하고 있다. 여전히 인생 후반전이 남았다고 얘기하고, 여전히 앞으로 50년밖에 못 살 거라고 농담을 하고 다닌다. 나중에 육십이 되어서도 의술이 발전한 까닭에 여전히 50년은 더 남았다고 떠들 것이다. 하지만 장난 같은 말 속에서 나도 모르게 걱정이 자꾸 쌓여 간다.

'그래서? 앞으로 어떻게 살 것인지 진지하게 고민하고 있는 걸까? 루시처럼 별생각 없이 하던 일에 열중한 채 만족하며 살고 있는 건 아닐까?'

나도 곧 아버지가 은퇴하시던 그 나이가 된다. 그 시절 아버지는 지금보다 훨씬 어려운 환경에서 더 많은 짐을 지고 사셨을 것이다. 어른이셨고 흔들림이 없으셨지만, 당신의 고민은 지금의 나보다 더 깊고 촘촘했으리라 짐작된다.

나는 아직도 '왜 이렇게 철이 없을까' 한탄하곤 하는데, 이건 나이가 도와줄 수 있는 부분이 아니다. 아버지 시대와는 환경이 다르고 철학이 다르다며 스스로 위로하지만 그것만으로는 정당화되지 않는다. 나이만 중년이지 여전히 청춘의 호기심과 방황을 버리지 못했다.

한편으로는 다행이다 싶기도 하다. 아버지 시절보다 훨씬 오래 살아야 하고 은퇴 후의 시간도 엄청나게 길 텐데, 빨리 철들고 바른 생활만 하다가는 남은 인생을 시시하게 보내 버릴지도 모르기 때문이다. 그러기엔 세월이 너무 많이 남았다.

우리 시절에는 까칠하게 사춘기를 보낸 이가 별로 없었다. 먹고 살기도 힘든 시절이었다. 어른들이 지금처럼 받아 주지도 않았을뿐더러, 어느 집이고 철이 빨리 들 수밖에 없는 환경이었다. 다행인 것은 지금이라도 늦은 사춘기를 보내고, 청춘처럼 방황해 봐도 좋을 만한 시절을 살고 있다는 점이다. 대출금 상환이나 자녀 결혼 문제 등에 묶여 이 시절마저 날려 버린다면 노후에는 정말 아쉬움만 남을지도 모른다(물론 대출금이나 자녀 결혼도 정말 큰 문제이긴 하지만 말이다).

내 인생을 어디서 잃어버렸는지 엉뚱한 곳에서 찾으려 애쓰지 말아야겠다.

일본의 직장인들을
생각하면 슬퍼진다

코로나19로 한동안 막혔던 일본 여행이 이제 자유로워졌다. '당장 여행을 떠나야겠다'까지는 아니지만 솔깃한 건 사실이다. 코로나19 전에는 출장을 겸해 매달 여행을 다니던 나로서는 신종 감염병으로 발목이 묶인 지 3년 가까이 지나니 궁금한 게 많아졌다. 익숙해진 일본의 거리도 그렇고, 친구나 지인들도 어찌 살고 있나 싶다. 그러다가 문득 역 인근 호텔의 풍경이 떠올랐다.

비즈니스호텔 중 조식이 나오지 않는 곳이 있었다. 어차피 메뉴 선택에 그다지 공을 들이지 않는 편이라 대충 가까운 곳에 있는 '요시노야'나 '스키야' 같은 곳에서 모닝 세트를 먹곤 했다. 4,000~5,000원만 내면 일본식 가정식백반이 나온다. 된장국과 생선구이, 낫토 등으로 구성된 단출한 일본식 세트다.

그곳에 가면 정장을 입고 서류 가방을 든 직장인이 많다. 그들은 시내에서 멀리 떨어진 외곽에서 한 시간 넘게 달려와 역 인근 식당에서 아침을 먹고 출근한다. 시간도 없지만 비싼 물가를 생각하면 다른 선택의 여지도 없다. 저녁에도 마찬가지로 혼자 앉아 덮밥 같은 걸 시켜 조용히 먹고 다시 지하철로 밀려 들어갈 뿐이다. 표정도 없고, 대화도 없다. 별다를 일 전혀 없는 매일의 일상에서 노곤함만 추적추적 흘리며 걷는다. 기차는 날카로운 리듬으로 빠르게 도시를 벗어나고, 한참을 달려 어느 역에선가 역마다 정차하는 완행으로 갈아 태우고 또 달려 목적지 근처로 그들을 데려갈 뿐이다.

호텔에서 아침 식사를 하지 않는 날은 일본의 서글픈 직장인들 틈에서 밥을 먹게 된다. 그곳의 공허한 눈빛 사이에서 문득 내가 여행자임을 감사하게 된다. 처음 일본에 갔던 30년 전에는 부러운 것이 많았다. 하지만 지금은 이들을 생각하면 애처로움이 앞선다.

경제적으로는 부유할지라도 삶은 풍요롭지 않아 보인다. 국가도 그렇고 개인도 그렇다.

물론 우리나라도 크게 다르지 않다. 점점 그들과 닮아 가고 있다는 생각이 든다. 흐름에 휩쓸리지 않아야겠다. 현실을 분명하게 자각하고, 다르게 생각하고, 용기를 내어 소신대로 결정하고 싶다. 나이가 많든 적든 나답게 사는 것이 꿈이어야 한다.

이제 여행이 다시 시작될 것이고, 화려한 네온사인 속에서 그들을 다시 만나게 될 것이다. 답이 없다. 남 걱정할 때는 아니지만, 그렇다고 남의 일이라고만 하기도 어렵다.

치매는 이미 시작되었다

대학 친구를 만났다. 한동안 연락하지 못했던 친구다. 친구 아버지가 치매 초기 증상을 보여 주간보호센터를 알아보던 중에 내 생각이 났다고 한다. 오랫동안 어머니가 주간보호센터에 다니고 있고, 그런 와중에 가지고 있던 사회복지사 자격증을 써먹을 수 있을까 해서 시설을 알아본 적이 있다. 하지만 사명감 없이 사업으로 접근하기에는 감당하기 힘든 일임을 깨달았다. 이 일에는 아이들을 대상으로 하는 시설과는 전혀 다른 종류의 감정 노동이 요구된다. 가족 중 치매로 고생하는 분이 없다면 떠올리기 힘든 일일지도 모른다. 앞으로 상황은 점점 더 힘들어질 것이다. 훨씬 더 오래 살게 될 것이고, 이전에는 경험하지 못한 사례를 바로 옆에서 겪게 될 것이다.

치매 발병 시기가 점점 젊은 나이로 내려옴에 따라

치매는 더 오랫동안 안고 살아야 하는 질병이 되었다. 1960년대 평균 수명이 56세일 때야 환갑이 잔치를 열고 축하할 일이었지만 이제는 100세를 바라보는 시대다. 오래 사는 것이 축복이 아니라 재앙이 되어 가고 있다. 치매는 누구에게나 찾아온다. 짧게 경험하느냐, 길게 경험하느냐의 차이일 뿐이다.

장수를 다시 축복된 일로 만들기 위해서는 아직 젊다고 생각하는 지금부터 준비해야 한다. 건강한 뇌를 만들어야 한다. 치매가 오는 속도를 늦추는 것, 치매가 찾아오더라도 가족들의 사랑으로 예쁜 치매를 유지하는 것이 중요하다. 사십 대 후배에게 치매 관련 책을 선물했더니 왜 이런 책을 선물하는지 이해하지 못했다. 한 살이라도 젊을 때 삶의 습관을 바르게 가지는 것이 중요하다. 후배는 아직 실감하지 못하고 있다. 가족 중에 치매가 발병하고 힘든 경험을 하고 나면 그제야 진짜 무서움을 알게 될 것이다.

오십 대 중반이면 이미 치매가 시작되었다고 할 수 있다. 대학 친구와의 대화는 걱정스러운 아버지 문제보다는 이제 우리 문제에 집중해야 한다는 얘기로 마무리되었다. 치매는 누구에게나 두려운 일이지만, 인식하지 않고 깊숙한 곳에 숨겨 두고 잊으려고만 한다면 어느 날 준비 없이 갑자기 만나게 될지 모른다. 그러나 그전에 치매와 함께 살아갈 방도를 고민하고 노력한다면 아름다운 인생을 누릴 수 있게 될 것이라 기대한다.

몸짱이 되기 위한 노력과 뇌짱이 되기 위한 노력은 다르지 않다. 꾸준하게 운동하고 좋은 생각을 하고, 책을 읽고, 사색하고, 글을 쓰면서 생각을 정리하고, 식습관이나 마음을 가꾸는 일에 시간을 들이는 것. 이러한 작은 노력과 습관으로 단련할 수 있다. 그리고 그전에 치매가 이미 시작되었다고 인식하는 것부터 건강한 인생의 시작이라 하겠다.

이별주 한 잔에 눈물 한 줄기

이 이야기는 25년 전과 50년 전의 일이다. 그리고 지금도 이어지는 이야기다. 25년 전 아내와 결혼했다. 당시 장인의 연세가 지금 내 나이와 같았다. 우리는 신혼여행을 다녀와서 처가에서 하룻밤을 자고 아내와 장인을 모시고 본가로 왔다. 아내는 마지막으로 자기 집에서 식구들과 하루를 지낸 것이다. 그리고 아버지 손에 이끌려 남편 집으로 떠났다. '이제 네 집은 저기다'라는 의미로 장인은 아내 손을 잡고 '우리 집'으로 오셨다.

양가에 술을 마시는 사람이 아무도 없었지만 어머니는 술상을 내왔다. 평소 농담을 좋아하시고 항상 유쾌하신 아버지가 갑자기 진지하고 근엄한 얼굴로 아내에게 명령하듯 말씀하셨다.

"친정아버지한테 마지막으로 이별주 한 잔 올리거라."

이 한마디에 두 사람은 펑펑 울기 시작했다. 장인어른은 아내를 남겨 두고 대문을 나서면서도 눈물을 훔치셨다. 아버지는 미소를 지으며 그 모습을 바라보고 계셨다. 아내나 장인어른에게 아버지의 이벤트는 평생 잊지 못할 기억으로 남았을 것이다.

아버지가 큰누나를 데려다줄 때 비슷한 경험을 하셨다고 한다. 내가 두 살 때 큰누나가 시집을 갔다. 매형은 7남매 중 막내였다. 결혼할 당시 매형의 큰 누나 나이와 아버지 나이가 같았다. 아버지는 잔뜩 긴장하고 주눅 든 표정이었지만 그쪽 어른은 여유롭게 담배를 태우시며 농담하는 분위기였다고 한다. 어쩌면 이렇게 상황이 비슷하게 연결되는지 희한하다.

오래전 이야기를 추억하자니 그리움이 세월보다 더 짙게 쌓인다. 추억 속에서 어떤 날은 하루가 그렇게 길다가도 어떤 순간은 10년이 찰나처럼 빠르게 스친다. 그 시절이 그립다.

아직 딸아이가 결혼할 나이는 아니지만 언젠가 나도 이별주를 받게 될지 모를 일이다. 딸을 시집보내면 어떤 마음이 들까 생각하다가, 결국 안 보내야겠다고 결심했다. 딸아이가 죽기 살기로 가겠다고 하면 어쩔 수 없겠지만, 적어도 내 손으로 순순히 보낼 생각은 없다. 아니면 남자를 데려와 함께 살면 몰라도. 하여간 지금 생각은 그렇다.

아버지의 이벤트나, 장인어른의 이별주에 대한 추억이나, 지금 딸에 대한 고민이나 모두 오십 대 중년의 삶 일부다. 인생의 고민이 개인 차원을 넘어 가족과 함께 가야 하는 무게가 더해진다. 자식에 대한, 부모님에 대한, 그리고 내가 살아가는 시대에 대한 책임감이 무거워지는 나이다.

어떻게 살 것인지 쉽지 않은 것이 중년의 인생인가 보다.

한 아이 그리고 한 중년

어리바리하던 초등학생이었다. 공부든 싸움이든 제대로 하는 게 없었다. 늘 자신 없는 몸짓과 주눅 든 표정은 어딘가에 속하기 어려운 성격임을 나타냈다. 바로 옆집에 살던 친구 덕분에 다른 애들과 겨우 어울릴 수 있었다. 하마터면 왕따가 될 뻔한 아이가 그나마 옆집 아이 덕에 친구들이 생긴 것이다. 중학교 때는 같은 반 아이들조차 기억하지 못할 만큼 소심하고 조용했다. 당시에는 흔치 않았던 괴롭힘을 당해가며 학교에 다녔다. 맞기도 하고, 돈을 뺏기기도 하고, 싫으면서도 몰려다니는 틈에 억지로 껴 있어야 했다. 자신의 의지나 취향이란 건 애초에 가질 생각도 못 했다.

대부분 무난히 진학하는 인문계 고등학교 진학 시험마저 떨어져 통학버스를 타고 한 시간 넘게 달려야 하는 시골에 있는 학교에 다녔다. 여전히 공부는 못했지만 담배를 피우지 않는다는 이유, 싸움하지 않고 착하게 생겼다는 이유로 선생님들에게 관심을 받게 되었다. 중학교 때까지 담임 선생님조차 내 이름을 기억하지 못할 거라 생각했는데, 고등학교에 와서는 대부분 선생님이 복도에서 마주치면 이름을 불러 주었다. 어차피 안 되는 영어와 수학 그리고 예체능 과목을 빼고 나니 학력고사 준비도 그리 힘들지 않았다. 1학년 첫 중간고사를 치고 나서 자신감을 얻어 공부를 시작했다.

고3 때 담임 선생님이 적어 준 무역학과에 합격해 대학에 다녔다. 중학교 저학년이나 볼 법한 '빨간 기본 영어' 책을 대학 도서관에서 펴 놓고서도 태연했다. "영어가 자신이 없구나"라는 얘기를 들으면 나는 오히려 담담하게 얘기했다.

"자신은 있지. 실력이 없어서 그렇지."

군대에서 제대하고 복학한 후에는 자신감만으로는 해결할 수 없는 벽이 존재한다는 사실을 알게 되었다. 버스 안에서 여학생에게 데이트 신청을 하거나 많은 사람 앞에서 행사 진행을 맡는 것과는 전혀 다른 종류였다. 즉흥적으로 해결할 수 있는 문제가 아니었다. '노력'이 필요했다.

여전히 균형 잡힌 인생은 아니었다. 뭐든 가능할 것 같은 근거 없는 자신감 속에서도, 혹은 이전처럼 소심한 모습에서도, 불안이 늘 따라다녔다. 그 가운데서 방황하고 있었다.

'어느 시절의 모습이 진짜일까?'
'언제부터 달라졌을까?'

돌아보면 24살 무렵이 생각난다. 일본에 가서 새로운 것을 보고, 경험하고 돌아왔다. 그곳에서는 온종일 대화 상대가 없어 '생각'만 해야 했다. 심심해 죽을 지경이었지만 무료했던 시간은 내면의 공간 구석구석을 원석 같은 잡다한 생각으로 채워 주었다. 일본이 내게 대단한 비전을 준 것은 아니지만 철저히 외로운 시간을 가질 수 있었던 점은 지금도 감사하게 생각하고 있다. 생각나는 대로 하찮은 글을 긁적이고, 터무니없는 공상으로 하루를 보내고, 음악을 들으며 뒹굴거렸다. 뒤늦은 사춘기를 겪었다. 철학적 사고가 내 시간을 온통 지배하던 시기였다.

나이 오십을 지나 다시 변신 중인 아저씨가 되었다. 틈틈이 읽던 책을 치열하게 읽기 시작하면서, 그리고 쓰기를 시작하면서 기회가 찾아왔다. '교육은 가르치는 것이 아니라 이끌어 내는 것이다'라는 얘기가 생각난다. 내 속에 숨어 있던, 깊숙이 가라앉아 있어 그 존재조차 상상하지 못했던 욕망이 책을 통해 이끌려 나오기 시작한 것이다. 젊은 애들만 만나면 꿈이 뭐냐고 묻고 다니다가 문득 '내 꿈은 뭘까?'라는 고민에 빠지게 되었다. 꿈은 젊을 때만 꾸는 것이 아님을 알게 된 것이다. 나이와 상관없이 살아가는 방식에 따라 늘 새로운 꿈이 기다리고 있다. 우리가 발견해 주기를, 우리의 용기가 움직여 주기를 바라면서.

인생의 다음 마디가 언제 생기게 될지 기대된다. 아직 시간이 많이 남았다. 여유가 없으리라 생각했던 나이가 되더라도 충분히 기회가 주어질 것이다. 터무니없다고 생각되는 것부터 도전해 보자. 어리바리했던 초등학생 아이는 간데없고, 군데군데 흰머리에 주름 가득한 중년이 앉아 노트북을 두드리고 있다. 별다를 건 없다.

그 시절 한 아이가 있었던 것처럼 지금 한 중년이 이렇게 있다.

2006년 봄날,
중환자실 이야기

중환자실 면회 시간은 오전 11시부터 30분간이다.
하지만 바로 앞에 있는 보호자 대기실에는 시간과 상
관없이 항상 보호자 대여섯 명이 있다. 텔레비전 쪽
으로 얼굴을 향한 채 앉아 있거나 누워 있거나 별 미
동이 없다. 마치 신병 훈련소에서 정밀 신체검사를 받
기 위해 대기하고 있는 듯한 긴장과 체념이 공기 중에
가득하다. 대기실에는 텔레비전 한 대와 남학생 자취
방에 있을 법한 천으로 된 소박한 옷장이 하나 있다.
그 안에는 오랫동안 그곳에서 지쳐 갔을 사람들의 체
취가 묻어 있는 얇은 이불 몇 장이 들어 있을 뿐이다.
창이 있지만 어쩐 일인지 어둡기만 한 분위기. 그리고
벽에 걸린 수건 몇 장이 전부다. 어두워도 불을 켜지
는 않는다. 서로 얼굴을 쳐다보는 경우도 드물다. 자
신의 표정을 감추기 위해 오롯이 혼자 있는 척할 뿐
이다.

그 방에 들어가고 셋째 날, 저녁 8시가 넘은 시간이었다. 젊은 아저씨가 면회실 인터폰을 눌렀다. 잠시 면회하고 싶다고 요청했다. 웬일인지 순순히 문이 열리고 잠시 후 면회를 마치고 돌아와 말없이 누웠다. 그리고 이틀 후에 8살 아이의 연명 치료가 중단되었다. 뇌사 상태로 얼마나 오래 중환자실에 있었는지는 듣지 못했지만, 그동안 가끔 아이 아빠의 저녁 면회가 있었다고 한다. 아무도 막지 못했으리라 짐작된다.

아버지는 팔순을 넘기셨고, 응급실에서 이틀 만에 인공호흡기를 달고 중환자실로 옮겨졌다. 애통한 마음과 불안함으로 양손을 어디 둬야 할지 몰라 안절부절못하고 있는 나에게 그곳 대기실은 새로운 세상이었다. 첫날 대기실에 들어가 구석에 엉거주춤 앉자 누군가가 물었다.

"중환자실에는 누가 들어가셨나?"
"아버님이 갑자기 숨쉬기가 힘들어지셔서요."

56

"연세가 어찌 되시는데?"

"여든 서이 되셨습니다."

거기까지 듣고는 더는 질문이 없다.

그날 하루 만에 나는 슬픈 보호자가 아니란 걸 알게 되었다. 세상에 부모가 중환자실에 있는데 어찌 슬프지 않을 사람이 있겠냐마는 그곳에는 세상 이치로 판단할 수 없는 기준이 있었다. 언제 이름이 불릴지 몰라 밥 한 숟가락 여유롭게 뜨고 오기 힘든 그곳은 그냥 쉴 수 있는 '방'이 아니었다.

'위급할 때 바로 달려올 수 있는 거리에 있어라'라는 명령에 따라 가장 가까운 거리에서 잠시도 졸인 마음을 풀지 못하고 줄 서듯 대기하고 있는 곳이다. 누가 시킨 것도 아닌데 그곳을 벗어나 대중 속에 있으면 불안했다. 어둡고 어색한 공간이지만 서로를 확인하면서 안도하고 위안받았다. 자신의 처지가 어디쯤인지 헤아리면서.

아버지는 중환자실에서 열흘을 넘기지 못하셨다. 오전 햇살이 따뜻한 시간에 연락이 왔다. 그 방을 나오면서 누구와도 인사하지 못했다. 중간에 한 번 누군가가 사 온 간식을 나눠 먹었지만 긴 얘기를 한 것도 아니요, 서로 얼굴을 유심히 본 것도 아니다. 같은 열차를 타고 옆에 앉았지만 기척도 없이 내릴 곳에서 내린 것이다. 그리고 각자의 삶 속으로 돌아갔다. 음료수라도 사서 살짝 드리고 올 걸 그랬다는 생각이 장례식장에서 문득 들었다.

중년이 아니더라도 누구나 지나게 될 터널 같은 시간이다. 힘들고 막막하지만 피할 수 없는 길이기도 하다.

바다는 비에 젖지 않는다

처가 식구들과 여름휴가로 동해 해수욕장에 다녀왔다. 처가 식구들을 모시고 숙제하듯 의무적으로 일을 치렀다. 그러고 보니 '해수욕'이라는 말, 꽤나 오래 전 추억 속에서 꺼냈을 법한 말이다.

모처럼 많은 사람을 구경했다. 아침 일찍 출발해 위치 좋은 곳에 있는 평상과 파라솔을 빌렸다. 앉자마자 고기를 굽기 시작했다. 든든한 사위 몫을 하려니 오늘 같은 날은 할 일이 태산이다. 결혼하고 30년 가까이 됐는데도 여전히 집사 노릇을 한다. 물에 들어갈 생각은 꿈도 꾸지 않는다. 차라리 고기 굽는 게 편하다.

점심 먹고 치우는데 갑자기 천둥소리와 함께 소나기가 내렸다. 마치 동남아의 우기처럼 순식간에 덮쳤다.

어차피 물에 젖은 사람들이야 뜨거운 햇빛이 없다고 더 신났지만, 나로서는 파라솔 밑에서 비를 피하느라 몸을 잔뜩 움츠릴 수밖에 없었다.

소나기를 멍하니 바라보다가 『바다는 비에 젖지 않는다』라는 책이 생각났다. 한동안 바다를 바라보자니 '바다는 이미 젖어 있기 때문에 비에 젖지 않는다'라고 하기엔 너무 시시한 해석 같다는 생각이 들었다. 아무리 세찬 비바람이 몰아쳐도 바다는 꿈쩍도 하지 않을 태세다. 내리는 비만 처량해질 뿐, 바다의 담담함에서 깊고도 넓은 숨결이 느껴진다.

"나도 바다 같은 깊은 위로를 만나고 싶다."

중년의 사춘기인지, 내 속의 갈등과 고민과 두려움이 가끔 나를 누른다. 잠시 딴생각에 빠져 있다가도 다시 제자리로 돌아온다. 바다는 이 거친 소나기에도 어쩌면 저렇게 태연하단 말인가. 가는 빗줄기에도 쉼

없이 조바심을 내는 내 모습은 측은하기만 한데, 나
도 어쩌지 못하는 내 가벼움에 속이 상하는데.

바다의 표정에서 잠잠히 내 세상을 들여다본다.

마당을 나온 암탉

"문틈으로 마당이 살짝 보였다."

그리고 『마당을 나온 암탉』 '잎싹'의 모험이 시작되었다.

하필이면 '잎싹'(주인공 닭의 이름)의 자리에서 마당이 보이는 것이 문제였다.
닭장 안에서 평생 알만 낳을 운명을 받아들였다면 헛된 꿈을 꾸지 않아도 되었을 것이다. 그랬더라면 주변의 닭들과 마찬가지로 작은 일에 기뻐하고 때론 슬퍼하며 평범하게 살 수 있었을 것이다.

나는 삶을 스스로 선택할 수 있을까?
살짝 보이는 마당을 외면하고 다들 살아가는 대로 그냥 살 것인가, 아무것도 보장받지 못한 가운데 무모하게 마당으로 뛰어들 것인가?

'그냥 익숙한 대로 살자.'

'마당을 본 닭이 그 한 마리뿐이겠냐고, 그렇게 생각하고 살자.'

매일 다짐해도 마당이 궁금해 미칠 지경이라면 어떻게 해야 할까? 지금 뛰쳐나가기엔 너무 늦은 걸까?

중년의 나이에 어울리지 않는 괜한 고민만 깊어져 간다.

* 『마당을 나온 암탉』 황선미 저, 김환영 그림
2000년 출간. 삶과 죽음, 소망과 자유, 입양 문제 등 결코 가볍지 않은 주제를 어렵지 않게 묘사한 우화적인 동화다.
초등학교 교과서에도 실렸다.

불면(不眠)의 새벽을 만나다

자다 깼다. 이리저리 돌아누워 보지만 의식이 점점 더 선명하게 깨어날 뿐이다. 잠들려고 애쓰는 것이 의미 없겠다 싶어 일어났다. 밖은 두 번 다시 밝지 않겠다는 듯 어둠 한가운데에 멈춰 있지만, 더는 수면이 필요 없을 것 같은 선명함이 나를 일으킨다.

걱정은 첩첩 산을 연상케 한다. '이 고비만 넘으면'이라고 스스로 속여 보지만 여전히 속지 않았으면서도 속은 것처럼 매번 탄식한다. 익숙해지지 않는다. 새벽의 적막도, 반복되는 상상도, 과장되게 커지는 문제들도. 누구보다 긍정적이고 누구보다 걱정하지 않는다고 생각했지만 가끔은 나도 모르는 곳에 걱정이 차곡차곡 누적되다가 명절 택배 물량처럼 한꺼번에 배달된다.

장마 끝자락에 질기고 느린 비가 내릴 즈음이다. 불면은 예고 없이 쓱 들어와서는 내 몸 구석구석을 헤집고 다닌다. 소파에 앉아 TV를 틀었다. 이리저리 습관처럼 채널을 돌리다가 〈세계테마기행〉에서 멈췄다. 북유럽 소도시의 이국적이고 활기찬 풍경을 보여 주고 있었다.

'저기서도 저기 나름의 고민이 있겠지.'
환한 표정의 그들을 뒤따라 삶을 좀 더 들여다보고 진실을 확인하고 싶어진다.

TV를 끄니 순식간에 다시 고요 속으로 들어간다. 아무 생각이나 떠오르는 대로 내버려 둔다. 이러다가 알람 소리에 피곤한 눈을 비비며 일어나겠지. 그러면 또 하루가 시작된다. 바뀐 건 없지만 어쨌든 또 하루를 시작할 수 있게 된다. 수십 년 동안 당연하게 여겼던 잠이 나를 배신했다. 원인을 모르니 처방도 없다.

우연히 나무 밑에 줄지어 이동하는 개미를 관찰한 적이 있다. 나무 둥지에 다다라서는 땅속으로 작은 먹이 하나 밀어 넣는 일을 오랜 시간 정성을 들여 하고 있었다. 반경 10cm 안에서 꾸물거리는 개미와 우리 인생의 차이를 고민하느라 한참을 서 있었다. 아니, 서 있으면서 점점 생각이 거기에 미치게 되었다. 한 번 생각에 빠지면 꼬리를 물고 상상이 이어진다. 지금까지 열심히 살았지만 나답게 살았는지 묻게 된다. 나답다는 것은 또 어떤 것인지, 개미의 행보는 개미다운 것인지. 생각은 의지와 상관없이 흘러가고 시선만 멍하니 고정한 채 지켜볼 수밖에 없었다. 결국은 풀리지 않는 질문만 남기고 돌아섰다.

중년의 사춘기는 젊은 시절과는 다르다. 미래를 보기보단 과거에 묻힌다. 자꾸 돌아보다 보니 답은 보이지 않고 허튼 공상만 많아진다. 부족한 잠은 낮 시간을 꿈인지 생시인지 모르게 지나게 하고 자꾸 과거로 돌아서게 한다.

TV에 비치는 먼 나라 사람들의 모습이나, 개미의 인생이나, 불면으로 늦은 사춘기를 겪는 중년이나 어쩌면 만나야 할 상황을 마땅히 만나는 것이리라. 힘든 고비가 될 수도 있고, 환희의 순간이 될지도 모르지만, 모두에게 필요한 시간을 필요한 시절에 만나는 것이리라. 그렇게 위로해 본다.

PART2

우리가 중년을 오해했다

평균이 아니라
균형을 추구하는 삶

사람이 뭔가를 추구하고 있는 한

절대로 노인이 아니다

· 진 로스탠드 ·

이렇게 늙으면 좋겠다

특별한 일이 없는 한 주말이면 아내와 함께 저녁을 준비한다. 함께 준비한다고 하지만 간단한 메뉴일 때가 대부분이고, 나는 옆에 있으면 오히려 방해만 되기 일쑤다. 라면 하나에 감자, 양파, 파, 만두까지 듬뿍 넣고 고춧가루를 뿌려 걸쭉하게 내놓는 정도만으로도 훌륭한 별식이 된다. 단출하게 김치 한두 가지와 냄비를 가운데 둔다. 이른 저녁 식사가 끝났는데도 좀 채 일어설 기미가 없다. 준비하면서, 식사하면서 마주 앉아 오래도록 얘기를 나눈다.

설거지하면서도 이야기가 이어진다. 그런 날이면 으레 "우리 산책이나 할까"라고 누가 먼저랄 것 없이 툭 던진다. 허락받거나 동의를 구하는 것이 아니다. '얼른 준비하고 갑시다'라는 일방적 결정이고, 암묵적 협의다.

상가가 밀집한 거리를 쭉 지나면 맨 끝에 빵집 '라붕붕'이 있다. 갈 때마다 앉는 자리도 있다. 커피도 빵도 맛나다. 프랜차이즈 빵집이 근처에 있지만 비할 바가 아니다. 저녁을 배불리 먹었지만, 달랑 커피만 마시자니 예의가 아닌 것 같아 빵도 한두 개쯤 담는다. 두 시간이 순식간에 흘러가고 드라마 방영 시간이 되어서야 일어선다. 돌아오는 길에 또 이집 저집, 이 가게 저 가게 검열관이 쭉 세워 놓고 평가하듯 얘기하고 맞장구치면서 느릿하게 걸어오면 그제야 공식적인 저녁 식사가 끝난다.

집 앞에 시장이 있으면 좋겠다는 얘기를 나눴다. 편안한 반바지에 슬리퍼 차림으로 여기저기 기웃거리며 어슬렁거리는 재미가 꽤 있지 않을까 싶다. 충동적으로 한두 가지 사서 검정 비닐에 담고 흔들며 돌아다니는 모습이 멋있을 것 같다. 그런 모습을 멋지다고 생각하다니, 이제 나이가 들었나 보다.

손잡고 돌아오는 모습을 보면 노부부는 아니지만 깊은 정이 있다. 여름처럼 뜨거운 감정은 아니지만, 저녁에 먹었던 걸쭉한 라면 잡탕처럼 정겨움이 가득하다. 중년의 부부가 되면 신혼이 어찌 알까 싶은 맛을 알게 된다. 그걸 발견하고 즐기는 삶 속에서 세상 소소한 행복을 누리며 산다. 어떤 이는 의리로 산다고 하지만 그 의리 속에 사랑이 진하게 배어 있다는 것을 알아채지 못한다면 아직은 그 맛을 제대로 모르고 사는 것이다.

주말 저녁 우리의 대화는 어떤 주제가 되었든 대개 결론이 뻔하다. '참 좋다'이거나 '우리는 이렇게 삽시다'이거나. 마주 잡은 손에서 눈빛에서 혹은 다 알 수 없는 서로의 마음 깊은 곳에서, 어찌 되었든 결국에는 '참 좋다. 그래, 우리 지금처럼 삽시다'가 느껴진다. 계속 이렇게 늙어 가면 좋겠다.

여기서 행복할 것

주말이 거의 지나고 있지만 마음은 아주 여유롭다. 왜냐하면 내일 아침도 여행지에서 눈을 뜰 것이기 때문이다. 월요일이지만 조급해하지 않아도 되고 전화를 받지 않아도 된다. 일상을 여행처럼 산다고 하지만 진짜 여행지에서 현실을 바라보는 것은 또 다른 이야기다. 아무 일 없이 괜히 가슴이 벅차오른다. 지나는 오토바이나 상점의 오래된 간판 하나까지 모든 것에 마음이 설렌다. 나는 지금 베트남의 어느 거리를 여행 중이다. 새로운 길은 항상 나를 흥분하게 한다. 완벽한 여행이란 내가 여행 중임을 수시로 깨닫는 것이다.

아침을 먹고 길거리 카페에 앉아 책을 읽는다. 책은 집에 있을 때 읽지 여기까지 와서 카페에 앉아 시간을 죽이는 것이 옳은가 생각할 수도 있다. 불과 몇 년 전이었다면 나도 그렇게 생각했을 것이다. 하지만 지금은 다르다. 이러려고 여행을 온 거다. 낯선 곳에 내 몸이 서서히 동화되기까지 그저 빈둥거리는 게 좋다. 아침 산책을 하고 카페에서 책을 읽고, 길거리 음식을 먹고 눈앞의 풍경을 그림 그리듯 글로 써 내려가고, 그리고 또 빈둥거리고 싶다.

여기서 행복할 수 있다면 일상에 돌아가서도 여행처럼 살 수 있으리라 생각한다. 바쁜 일상에서는 배울 수 없는 것이 있다. 즐기는 법을 연습하고 익히는 곳이 여행지일지도 모르겠다. 오래도록 한 곳에서 하나를 깊이 바라보고, 다시 오지 못할 곳처럼 눈에 새겨 본다. 사진만 찍고 돌아서는 관광객은 보지 못하는 것을 담는 법을 익힌다. 느리게 시간이 흐르는 것을 지켜본다. 여행이기에 해내는 일들이다.

인생도 마찬가지다. 남들 시선에 불안하긴 하겠지만 그게 전부가 아님을 알아차려야 한다. 불안은 바위처럼 보이지만 어쩌면 안개와 같은 것이다. 그 불안에

얽매이지 않고 용기를 내 일상을 흔들림 없이 살아갈 때 바위처럼 단단해 보이던 불안이 안개처럼 엷어질 것이다.

가만히 있자. 여행지에서는 성급하게 장소를 옮기고 싶은 욕구를 누르고 한곳에서 차분하게 있어 보자. 그러다가 그곳이 주는 행복한 에너지를 발견하기라도 한다면 얼마나 좋을까. 그 행복은 전염성이 있어 쉽게 퍼져 나가고 그러다 보면 여행처럼 일상에서도 행복해지는, 늘상 행복한 여행자로 살 수 있게 되는지도 모른다.

어느 여행자가 말했다.
여행은 '여기서 행복할 것'의 줄임말이라고.

원하는 것과 중요한 것 사이에서

무수한 선택의 순간이 연결되어 삶이 이어진다. 그 순간순간마다 인생의 문제를 사지선다형으로 풀 수는 없다. 모범 답안도 없을뿐더러 예문이 있을 수도 없다. 내가 정말 원하는 것이 무엇인지 스스로 알아야 한다.

은퇴 후 외국 나가서 살아 볼 생각을 하더라도 우선은 한 달 살기를 추천한다. 한 달 정도는 살아 보고 결정하자는 것이다. 이는 한 달 정도 지금 내가 있는 공간에서 벗어나 객관적으로 바라볼 시간을 갖는다는 의미이기도 하다. 무작정 기분 내키는 대로, 마음이 시키는 대로 움직였다가는 후회할 틈도 없이 먼 길을 다시 돌아가야 할는지도 모른다.

자신이 원하는 것보다 사회가, 부모가, 선생님이 무엇을 원하는가에 선택을 맡겼던 시절이 있었다. 은퇴

후에 어떻게 살 것인가를 결정하는 지금도 다르지 않다. 나도 모르게 자꾸 다른 사람 눈치를 살피게 된다. 다들 어디로 가고 있는지 두리번거리면서 내 선택을 확인하고 있는 건 아닌지 돌아본다. 내가 아니면 절대 알 수 없는 질문의 답을 다른 곳에서 찾고 있는 것이다. 정답은 없는데 말이다. 수많은 인생의 질문 속에서 나만의 답을 찾아가려는 흔적을 만드는 것이 중요하다.

'당신이 정말 원하는 것과 중요하게 여기는 것은 무엇인가요?'라는 질문을 받았다. 이는 '어느 대학에 갈 것인가?', '어떤 전공을 선택할 것인가?', 혹은 '어떤 직장에 원서를 쓸 것인가?' 하는 것과는 다른 문제다. 그러한 질문이 과정을 결정한다면 이는 남은 인생의 목적을 정하는 것과도 같다. 어떻게 살 것인지 다시 고민하게 한다.

본질적으로 중요하게 생각하는 원리 세 가지가 있다.

자유로운 삶을 사는 것, 돈에 흔들리지 않는 것, 그리고 세상에 유익을 끼치는 것이다. 다분히 이상적이고 현실을 외면하는 것 같지만, 이제 인생의 후반전을 살면서 여전히 젊은 시절 같은 현실적 목표만을 고집해서는 안 된다고 생각한다. 아파트 평수나 자동차 브랜드나 통장 잔고가 나를 나타내지 못하는 나이가 되었다. 나 자신만의 가치를 만들어 가야 한다. 그것이 좋은 삶을 채우려는 최소한의 양심적인 요소가 되어야 하지 않을까 생각한다.

중요하게 생각하는 세 가지를 위해 또한 포기해야 할 것이 있다. 아마도 안전하고 예측 가능한 인생 정도가 아닐까. 이는 보험처럼 좋기는 하다. 하지만 과한 두려움은 항구에 묶인 배처럼 안전하기만 할 뿐 본질을 잊어버리게 할지도 모른다. 그렇다고 무작정 뛰어들라는 얘기는 아니다. 너무 계산하지 말자. 인생은 아직 많이 남았다. 낯설고 불편한 것을 즐기자. 누구나 인정하는 것부터 정말 그러한지 비판적으로 보고, 선입견 없이 다가서 보자. 어차피 한 번 살고 나면 끝나는 인생이다. 뭘 먹을지, 뭘 입을지, 어디서 살지 같은 고민으로 인생을 안전한 곳에 넣어 두고 싶지는 않다. 그러다 끝에 가서 마주할 허망함을 어떻게 대할지 생각해야 한다.

내가 유독 듣기 싫어하는 말이 있다. "어차피 먹고살기 위해서 하는 건데"라는 말이다. 물론 그런 의미만으로 얘기하는 건 아니겠지만, 습관처럼 되뇌다가 나도 모르게 정말 그렇게 믿게 될지도 모른다. 너무나 소중한 인생을 두고 단지 먹고살기 위한 인생이라고 초라하게 단정하게 될까 봐 두렵다.

내가 무엇을 원하는지 진지하게 고민하고, 타협하지 않는 인생을 살고 싶다.

나는 평균을 올리는 사람일까?

미국의 사업가이자 동기 부여 강사인 짐 론은 "우리는 가장 많은 시간을 함께 보내는 다섯 사람의 평균"이라는 말을 했다.

단순히 친구를 구별해서 사귀라는 얘기는 아니다. 우연히 읽은 글에 딴생각이 들었다. 주변 사람들을 둘러본다. 일 때문에 억지로 만나는 경우는 거의 없다. 그럴 정도의 사업을 하는 것도 아니고, 그렇게 계산적이지도 않다. 의도한 것은 아니지만 주변인들과 이런저런 영향을 주고받으며 살고 있다. 서서히 멀어지는 사람도 있고, 급격히 가까워지는 경우도 있다. 내가 소중히 여기는 이들이 나에 대해 같은 마음을 품으면 좋겠지만 깊은 속까지는 알 수 없다. 그저 진실하게 대하면 된다고 생각한다.

내 평균을 확인하기 위해 혹은 높이기 위해 주위 사

람들을 점검하고 점수를 매기는 일을 할 사람은 없을 것이다(있을 수도 있지만 그렇지 않은 세상이라고 믿고 싶은 마음이다).

내 주변 사람들은 나를 어떻게 판단할까? 나와 교제하면서 행복해할까? 유익까지는 아니더라도 편했으면 좋겠다. 편안한 사람과는 행복한 얘기를 하거나 힘든 얘기를 하거나 아무튼 좋은 기운을 전할 수 있다.

나이가 들면서 새로운 친구를 사귀기가 더 힘들다. 조건을 보지 않고 선입견 없이 사람을 보는 것이 어렵다. 사회적 경험을 통해 사유 작용 없이 직관적으로 판단할 때가 있다. 그런 이미지는 쉽게 바뀌지 않는다. 또한 그런 것까지 고려할 만한 여유를 가지고 사귀기도 어렵다.

지금의 내가 있기까지 많은 사람의 관심과 배려가 있었다. 만약 그들이 자신의 평균을 올리는 데만 관심을 가졌더라면 어땠을까. 어릴 적부터 어리바리하게 지냈던 나는 그 누구와도 깊이 교제하거나 영향을 받기 어려웠을지도 모른다. 사람들의 평균을 깎아 먹는 역할만 했을 테니 말이다. 상대가 나와 어울릴 만한지 어떤지 판단하고 구별해서 사귀는 것만큼 어리석고 교만한 짓은 없을 것이다.

처음에 언급한 짐 론의 말과는 다른 의도로 쓴 글이다. 그의 말은 가치 있고 고민할 만한 것이다. 다만 내 얘기는 그것과는 전혀 다른 상상적 논리로 접근한 것이니 오해는 없었으면 좋겠다.

그건 그렇고, 나는 과연 평균을 올리는 사람일까 살짝 궁금하긴 하다.

마음만 먹는다고 되는 건 아니더라

"아버님, 생각보다 빨리 뛰기 어렵습니다. 천천히 달리셔야 해요."
진행을 맡은 선생님이 두 번이나 강조했다.

종일 미적미적 뒷전에서 구경만 하던 아빠들이 의욕적으로 나갔다. 운동회의 꽃, 또 다른 볼거리인 아빠들의 계주 시간이 된 것이다. 한 조에 한두 명씩은 꼭 넘어진다. 출발 신호와 동시에 발보다 팔이 먼저 나간다. 몸보다 마음이 저만치 앞선 것이다. 꼬였다고 생각하는 순간 슬로비디오로 자신이 넘어지는 것을 지켜볼 수밖에 없다. 벌떡 일어나지만 생각보다 상처가 깊다.

그래도 아직은 40대 젊은 아빠들인데 어쩌면 저렇게 몸이 따라가지 못할까 생각했다. 그 생각으로 산책하다가 '전력 질주'를 해 보았다. 이를 악물고 달리는데도 속도가 나지 않았다. 숨이 차서 도저히 달리기 힘들 때까지 달렸지만 실제로는 얼마 못 뛰었다. 거친 숨은 평온해질 기미가 없고, 넘어지지 않은 게 너무 감사할 만큼 불안불안해하던 것을 스스로 느꼈다. 그리고 앞으로는 이런 어리석은 행동을 절대로 하면 안된다는 사실을 깨달았다.

몸만 그런 게 아니다. 마음도 매한가지다. 대부분 중년은 자신이 젊은 시절에 비해 조금도 달라지지 않았다고 생각한다. 남들보다 유연한 사고와 포용력, 이해력이 충만하다고 생각한다. 하지만 그런 생각이 강할수록 꼰대일 가능성이 크다. 나이가 들면서 체력에 대한 기준을 다시 잡아야 하듯 마음에 대한 기준도 다시 세워야 한다.

몸과 마음이 조화롭게 나이 들면 얼마나 좋을까. 마음은 동네 앞산 정도는 뛰어넘고도 남을 만큼 팔팔

한데, 현실은 당황스럽다. 운동하자는 얘기가 아니다. 마음과 몸 그리고 관계에 있어 이상과 현실의 간극을 어떻게 메울 수 있을지 고민해 보자는 것이다.

시인 제페토는 노년을 이렇게 표현했다.

"노년을 아프게 하는 것은 새벽을 뜬눈으로 지새우게 하는 관절염이 아니라 어쩌면 미처 늙지 못한 마음이리라."

균형 있게 늙어 가고 싶다.

취직하려는데 아내가 말렸다

20년 전쯤 대구 동성로에 있는 일본어 학원에서 강사 일을 했다. 수강생은 대부분 대학생이었다. 얼마나 재밌었는지 모른다. 내가 나이 들고 있다는 걸 잊게 해 주었다. 학생들에게서 흘러넘치는 청춘의 에너지와 함께 호흡하는 것은 그 어떤 보상보다 멋진 일이었다.

다만 문제가 하나 있었는데, '돈이 거의 안 된다'는 것이었다. 수강료를 학원과 나누는 방식으로, 영어 강사나 일부 인기 강사를 제외하면 제2 외국어로 돈을 벌기는 힘든 구조였다.

방학을 제외하면 점심을 먹고 오후까지 할 일이 없었다. 친한 선생들과 차를 마시거나 빈 강의실에서 마작을 하면서(중국어 선생들과 자주 했다) 무료할 틈

없이 보냈다. 그리고 수업이 시작되면 또 대학생들과 시험이나 결과물에 전혀 구애받지 않는 제2 외국어 수업을 했다. 수입만 괜찮다면 이보다 더 완벽한 일은 없었을 것이다.

어느 날 지인에게 거절하기 어려운 취업 제안을 받았다. 회사와도 얘기를 마친 상태라 원서만 넣으면 바로 취업이다. 하지만 아내가 반대했다. 원하지도 않았고 계획에도 없던 일을 단지 연봉만 보고 가는 건 아닌 것 같다고 했다. '단지 연봉만 보고'라니. 말도 안 되게 훌륭한 이유로 반대하는 것이다. 물론 그때 왜 그랬냐고 나중에라도 다시 물어보진 않았다.

나는 '아내의 뜻에 따라' 원서를 쓰지 않았고, 아내는 그 후로도 특별히 강요하지 않는다. 우리가 부자라서가 아니다. 수입과 상관없이 자족하는 법에 익숙해져 있기 때문이다. 아내는 살아온 이력으로만 보자면 자유로운 나와는 전혀 다른 방향으로 가치관이 형성되었다고 할 수 있다. 평생 금융회사에서 근무하고 있지만 '돈'이 행복의 결정적 요소라 생각하지 않는 신념이 있다. 그래서 여전히 평화로운 동행을 이어 가고 있는 건지도 모른다.

사람에 따라 거창한 말로 정의하지는 못하더라도 어떻게 살 것인가에 대한 가치관은 누구나 가지고 있다. 그 가치관이 인간이라면 마땅히 가져야 할 바른 신념을 담고 있다면, 상황에 따라 흔들리지 않고 그 가치관을 지켜낼 수 있다면, 결과와 상관없이 그것만으로 충분히 의미 있는 삶을 살고 있다고 생각한다. 나이가 많든 적든, 수입이 많든 적든, 중요한 문제든 사소한 문제든 모두 동일한 태도로 바라보면 좋겠다.

생각과 눈빛을 지켜내는 것

여행할수록 전문 배낭여행자가 될 가능성이 점차 멀어지고 있음을 온몸으로 느낀다. 무거운 배낭을 메고 야간 버스를 타고 도시와 도시를 돌아다닌다는 건 상상만큼 재밌는 일이 아니다. 지저분한 시트에 누웠다가 종일 온몸을 긁다 보면 낭만은 고사하고 벽에 머리를 처박고 싶은 마음이 절로 든다. 마주하면 감당할 수야 있겠지만 일부러 찾아서 당할 만큼의 용기는 없다. 그러면서 한곳에 머물러 오래도록 풍경을 눈에 담고 싶어 한다는 걸 알았다.

동네 공터에 무료하게 앉아 있는 할아버지에게 뜬금없이 말을 걸어 보기도 하고, 아이들을 만나면 괜한 웃음으로 환심을 사려고도 한다. 잠옷을 겸한 체육복을 입고 슬리퍼 차림으로 동네 가게에 들른다. 거창할 것도 없다. 마치 여행자가 아닌 것처럼 행동하고 싶을 뿐이다. 그러면서도 머무르지 못하고 떠나는 꿈을 꾼다. 어째서일까? 늘 누군가와 함께 있고 싶으면서도 철저히 혼자만의 고독을 꿈꾸는 모순된 바람이 습관처럼 몸에 배어 있는 것은.

시끄러운 카페나 축제 같은 어수선한 환경일수록 '생각과 눈빛'을 지키는 것이 중요하다. 휩쓸려 흔들리다 보면 진짜 여행은 사라지고 돈으로 대체된 싸구려 추억만 남을 뿐이다. 유명한 관광지를 꼭 보지 않아도 좋다. 무엇을 보든 감탄하거나 실망하는 건 내 감성이다. 나만의 생각을 가지는 것이, 나만의 눈빛을 가지는 것이 필요하다.

좋은 여행은 나를 좋은 사람이 되게 안내해 준다고 믿는다. 이는 여행지에서 만나는 장기 여행자들에게서 순수한 여행의 목적, 인생의 목적을 발견할 때마다 확인된다. 더불어 나도 장기 여행자다. 떠나 있거나, 준비 중이거나.

오래전 첫 해외여행 때 예상보다 훨씬 많은 돈을 환전하고, 거기에다 혹시나 해서 금반지까지 끼고 나섰던 추억이 생각난다. 마치 정글을 탐험하는 오지 여행가라도 되는 듯했다. 목숨과 맞바꾸어도 좋을 만한 신념을 지키러 나서는 결의에 찬 모양새였다.

그러나 그저 여행을 떠나는 것뿐이다. 조금 불편할 수도 있고, 가끔 당황스러운 상황을 만나기도 하겠지만 어쨌든 신나는 여행지가 기다리고 있다. 목숨을 담보하기는커녕 웬만해선 좀도둑도 만나기 힘든 곳으로 떠날 뿐이다. 내공이 쌓이면 한 발짝 더 깊이 들어가 보겠지만 거기도 별일은 없다.

정말 중요한 것은 만일의 사태에 대비한 충분한 돈이 아니다. 여행지에서 만날 사람들을 위한 작은 선물들, 엽서나 볼펜이나 사탕이나 뭐든 마음을 표현할 수 있는 것을 가방에 담는 것이다. 그러면서 거기서 내가 받게 될, 돈으로 살 수 없는 귀중한 선물을 기대하는 것이다. 진짜 준비물이 무엇인지, 도무지 가방에 넣을 필요가 없는 것이 무엇인지 알아 가면서 여행을 통해 차츰 '생각과 눈빛'을 지켜 내는 것, 그게 바로 선한 어른이 되어 가는 것이다.

집으로 돌아와 가방을 열어 빨랫감을 분리하고, 여행용 꾸러미를 다시 정리한다. 남은 돈을 나라별로 구분한 돈통에 넣어 두고, 마지막으로 기념으로 가져온 것에 잠시 눈을 둔다.
그리고 다시 여행이 시작된다.

40년 전 그 골목을 만났다

#1. 6살 때부터 초등학교 4학년 때까지 살던 집이 거기 그대로 있었다.

그곳에서 내 기억이 시작된다. 대구 신암동 신도극장이 있던 자리 뒷동네. 미로 같은 골목이 신기하게도 아직 남아 있었다. 지금은 그냥 좁은 골목이지만 그때는 얼마나 넓은 놀이터였는지. 달라진 걸 발견할 만큼 기억이 생생하지는 않지만, 골목에 들어서는 순간 그 시절의 향수가 아련히 밀려왔다.

반가운 마음보다 애처로움이 더했다. 아파트 빌딩에 둘러싸여 하늘은 마치 우물 안에서 올려다보는 것처럼 좁고 멀다. 프랜차이즈 가게가 밀집한 거리에서 한 블록만 들어오면 50년 넘게 그대로인 동네를 만날 수 있다는 것이 신기하고 또 초라하기도 했다. 도저히 수

리 불가능한 상태의 집들이 아파트 그늘에 숨겨져 있을 뿐이었다. 골목에 홀로 나와 계신 할아버지는 이 동네서 오랫동안 사셨다고 한다. 같은 시절을 잠시나마 한 공간에서 보냈으리라는 짐작만으로도 마음이 간다. 다른 사람과의 대화가 익숙하지 않으신지 길게 대답이 없으시다.

기억에 남는 골목 친구가 두 명 있다. 옆집에 살던 빵 공장 아들과 골목 입구에 살던 친구다. 빵 공장 아들은 그 어려운 시절에 유치원에 다녔다. 한 번 따라갔다가 들어가지는 못한 채 마당에 있는 그네만 타다 돌아온 기억이 난다. 환경이 너무 다르다 보니 부럽다는 생각조차 하지 못했다. 가끔 식빵을 자르고 남은 가장자리 부분을 한가득 얻어먹는 것만으로 행복했다. 또 한 친구에 관한 추억은 아주 짧은 순간인데, 바나나를 들고 대문 앞에서 우쭐대던 모습이다. 한 입 얻어먹었지만 맛은 기억나지 않는다. 어차피 그 시절 바나나는 맛으로는 판단할 수 없는 귀한 것이었으니.

골목을 나와 큰길에서 우측으로 가면 칠성시장이다. 가다 보면 다리가 하나 나온다. 당시 다리 밑에는 거지들이 살고 있었다. 차도와 인도 사이 벌어진 틈으로 움막이 보이고, 간혹 아이들도 보였다. 어른들이 '너는 다리 밑에서 주워 왔다'라며 놀리곤 했는데, 정말 그럴 수도 있겠다는 생각이 들었다.

#2. 초등학교 5학년 때부터 고등학교 다닐 때까지 많은 추억이 있는 곳이다. 주변은 재개발이 한창이다.

아직도 옛 골목이 남아 있었다. 바로 옆까지 개발되고 도로가 넓어졌지만 어릴 적 살던 집은 어쩐 일인지 그대로 있었다. 낮은 담장 너머로 건넛방이 보였다. 작은형이 일 때문에 타지로 가는 바람에 생긴 내 방이었다. 책상 하나에 작은 옷장 하나 들어가면 겨우 누울 수 있는 정도였지만 어떻게 꾸밀까 고민하고 상상하는 것은 행복한 일이었다. 다섯 형제의 막내였지만 작은형을 제외하면 다들 일찍 결혼했고, 그나마 작은형도 일하러 타지로 나갔기에 혼자 외동처럼 자랐다.

경북대학교 정문으로 들어가 우측으로 가다 보면 친구들과 놀던 곳이 나온다. 블록으로 쌓은 대학교 담에 구멍을 내 사다리처럼 밟고 들락거렸다. 6학년 때였다. 크리스마스 파티를 하자고 해서 학교에 들어가 어린 소나무를 톱으로 베었다. 담을 넘어오는데 마침 쓰레기차가 올 시간이라 동네 사람들이 다 나와 있었다. 나무를 둘러메고 담을 넘는데 어찌나 부끄럽던지. 크게 잘못된 행동이라고는 생각지도 못할 때였다.

파티 준비가 너무 일찍 끝났다. 트리를 장식하고, 상위에 과자며 음료며 케이크까지 준비했지만 시간은 아직 2시도 되지 않았다. 해가 지기를 기다리며 벽에 기대어 앉아 있었다. 한 친구가 케이크 위에 장식해둔 체리를 무심한 듯 집어 먹었고, 그게 신호가 되어

초에 불도 붙이지 않고 캐럴도 없이 5분 만에 난장판으로 파티가 끝나 버렸다. 그렇게 내 첫 번째 크리스마스 파티가 지나갔다.

#3. 혼자서 보낸 시간이 많았다. 말이 없고 친구들과도 그다지 어울리지 않던 시절이다.

고등학교 2학년 때 '바람의 언덕'(동구청 뒤 선열공원을 나는 그렇게 불렀다) 옆으로 이사를 왔다. 금호강이 보이는 언덕 위에 앉아 하모니카를 불고 기타를 치면서 시간을 보냈다(지금은 선열공원이 '국립 신암선열공원'으로 지정되어 잘 정비되어 있다).

시간 나는 대로 언덕을 올랐다. 신기했던 건 군대 시절 내가 있던 대구 비행장에서 이 언덕이 보였다는 것이다. 집이 가까워 다들 편하게 군대 생활을 한다고 했지만, 눈에 빤히 보이는 곳을 가지 못하는 상황이 오히려 더 절망스러웠다. 내가 살던 집은 재개발로 이미 자취를 감추었고 주변에도 아파트가 들어서고 있다.

그 언덕에 혼자 앉아 있는 날이 많았다. 아무 생각 없이 있거나, 그저 말도 안 되는 공상에 빠진 채 시간을 보냈다. 그렇게 어린 청춘의 날들이 지나갔다.

#4. 오늘, 마음먹고 걸었다. 상념(想念)들이 불꽃처럼 일었다.

걸으면서 철없이 지낸 골목들을 보았다. 그 골목들은 나를 어떻게 보았을까?

기억이란 것은 생각할 때마다 희미한 기초 위에 집을 짓듯 새롭게 각색되고 변해서 결국은 처음 사실과는 달라지기 마련이다. 아름다운 추억으로 미화되거나 아니면 돌아보기조차 싫어 깊은 내면에 던져두게 된다. 어디까지가 사실인지 과장인지, 기억의 저편에서 넘어올 때 얼마나 소설처럼 창작되었는지 알 길이 없다. 하지만 그러한 기억 속에서 내 자아가 자라나고 아파하고 다듬어졌으리라.

지금 살고 있는 곳과 멀지도 않은 곳이다. 잠시만 시간을 내면 차로 쉽게 돌아볼 수 있다. 그 거리를 수십 년 만에 만났다. 긴 시간을 들여 걸었다. 충분히 가슴 뛰는 시간이었고, 행복한 여행이었다.

나잇값은 자기가 정하자

요즘 소화가 잘 안된다. 내시경 검사 결과 별 이상은 없었지만, 혹시 모르는 큰 병이 있는 건 아닌지 걱정이 앞선다. 쓸데없는 걱정을 하니 속이 더 답답해진다. 나이를 위장으로 먹은 것도 아닌데 나이가 들수록 점점 더 속이 불편하다. 거기다 마음은 10년 전과 다를 바 없는데 볼살이 처지더니 뱃살, 근심, 잔소리까지 늘었다.

문득 '나잇값'이란 무엇일까 하는 생각이 들었다. 별생각 없이 쓰는 말의 어원이 궁금해졌다. 사전에는 '나이에 어울리는 말과 행동'이라고 적혀 있다. 상세하게 지침을 알려 주면 좋으련만 사전 어디에도 없다. 그저 '값을 하라'는 예문만 즐비하다.

'나는 나잇값을 하고 있는가?'

나이에 어울리는 말투, 표정, 시선, 태도 등에 대한 객관적인 기준이 있으면 어떨까. 아니면 광범위하게 조사해 카테고리별로 분류하고 공청회도 열고 실험하는 것도 좋겠다. 자료가 섬세할수록 결과는 더 정확해질 테니. 그런 다음 수치로 딱 정해진 나잇값을 기준 삼아 정상에서 벗어나면 경고하고 교육을 받게 하거나 약을 처방해 전 국민이 나잇값을 하는 데 부족함이 없게 만드는 거다. 이것이야말로 진정한 평등이며 인류의 평화가 만들어지는 기초가 아닐까.

법이 세워지기 전에는 위법한 것이 없다. 법이 만들어지고 나서야 기준을 벗어난다는 개념이 생기게 된다. 그리고 그 법의 울타리 안에서 진정한 자유가 주어지는 것이다. 구속이 없는 곳에 자유도 없는 것과 마찬가지다. 국민이 모두 나잇값을 잘하며 살아간다면 한심하게 보는 일도, 불쌍하게 보는 일도 없지 않을까.

나도 모르는 사이 남들이 자꾸 나잇값을 못 한다고

하면 점점 소심해진다. 스스로 한심하고 불쌍하게 느끼는 것이다. 나이란 것이 따지고 보면 생물학적 나이가 있고, 마음의 나이가 있다. 그런가 하면 사람의 역할에는 나이를 넘어서는 의미가 있기도 하다. 단순히 나이로만 나잇값이 정해진다면 나 같은 경우는 억울하다고 생각한다(나는 실제 나이보다 철이 덜 든 경우이니 말이다).

여기서 이러고 있는 걸 보면 확실히 나잇값을 못 하고 있는 것도 같다. 그래도 괜찮다. 남들 신경 쓰지 않고 하고 싶은 건 해 보는 거다. 나이 생각은 잊고 뭐든 시작할 수 있는 사람이 되어야지. 오십이 넘으면 자기 나잇값은 자기가 정해도 되지 않을까 싶다.

남들에게 강요하지 말고
너만 그렇게 살면 된다

후배를 만났다. 그는 오랫동안 운영해 오던 가게를 넘기고 쉬는 중이다. 다른 일을 시작하기에 앞서 여행을 가고 싶다며 어디가 좋을지 조언을 구했다.

'그렇지. 여행이라면 나한테 묻는 게 맞지!' 하는 자신감으로 쉴 새 없이 제안하기 시작했다. 해 줄 말이 너무 많았다. 여행의 목적을 고민하는 일부터 현지에서 만날 수 있는 여러 상황에 대한 대처와 (내가 생각하기에) 올바른 결정법, 진짜 재밌는 여행 등 책에는 나오지 않는 나만의 노하우를 열과 성을 다해 설명했다.

"그래. 그러니깐 여행은 목적을 먼저 정해야 하는 거라고. 오랫동안 수고했고 이제 나이도 있으니 인생을 계획하고 정리하는 차원에서 혼자 일주일 정도 조용히 시간을 갖는 것도 의미 있는 일이야. 많이 돌아다니기보다는 한두 곳을 정해서 여유를 갖고 현지인처

럼 한 번 즐겨 봐. 분명히 오래도록 기억에 남는 멋진
여행이 될 거야."

추가로 한참을 또 혼자서 떠들었다.

좋은 위치가 아닐지라도 깔끔한 도미토리나 현지인이
경영하는 민박에서 얻는 즐거움이 있다. 유명한 관광
지보다 우연히 만나는 이국적인 풍경이 내 마음에 오
래 남기도 한다. 바쁘게 돌아다니기보다 골목에서 뛰
어노는 아이들의 모습을 멍하게 바라보는 것이 훨씬
재밌기도 하다. 가이드의 설명을 듣는 패키지여행보
다 자유여행을 하면서 스스로 정보를 찾아보는 게 의
미 있고 마음에 오래 남을 확률도 높다.

하지만 후배의 반응이 밝지 않다. 내 설명을 따라오
지 못하고 저만치 우두커니 서 있는 느낌이었다. 본인
은 패키지 상품을 하나 선택해 편안하게 가이드 설명
을 들으면서 가고 싶다고 한다. 호텔도 좋은 곳으로

잡고 싶고, 헤매거나 마음 졸이는 것은 싫단다.

'그럴 거면 집에서 여행 프로그램이나 보지 뭐 하려고 가냐'라는 말을 꿀꺽 삼키고 다시 차근차근 설명하기 시작했다.

원하는 게 다를 수 있다는 생각을 하지 못했다. 내 생각이 합리적이거나, 옳다는 건 중요하지 않았다. 이런 결과가 나타난 이유를 깊이 생각했다. 무슨 일이든 '내가 맞다'라는 고정관념을 가지고 시작하는 건 위험하다. 물론 어떤 일에는 경험도 많고 객관적으로 맞을 수도 있다. 하지만 옳고 그름으로 단순하게 판단할 수 없는 일이 세상에 너무 많다.

'다 좋은데, 남들에게 강요하지 말고 너만 그렇게 살면 된다.'

아내도 편안한 호텔을 좋아하고 배낭 메고 걸어 다니는 걸 싫어한다. 내 가족에게조차 강요할 수 없는 것을 주변 사람들에게 하고 있으니 꼰대가 아니라고 하기 힘든 상황이 되었다.

내 주장을 얘기할 때는 길게 말하지 않아야겠다. 한두 마디로 충분한 것을, 상대가 내 진심을 이해하지 못하는 건 아닌가 하는 염려로 자꾸 설명하기 시작하면 일이 더 꼬인다. 상대가 '원한다면' 살짝 내 의견을 첨가할 수 있지만, 그것마저 너무 치우치거나 고집스럽지 않은 선에서 짤막하게 해야겠다.

결심은 자주 하는데 과연 입을 꾹 다물 수 있을지 의문이긴 하다.

오지 마을에서 얻는 위로

마닐라에서 두 시간여를 달렸을 뿐인데 기가 막힌 오지 마을이 나타났다. 고속도로를 달리던 차가 좁은 길로 몇 번 들어서는가 싶더니 급기야 강을 마주하고 길이 끝났다. 칠흑 같은 밤이었지만 강은 별빛을 품어 환하게 반짝이고 있었다. 강폭이 30m는 족히 될 듯했다. 수심은 얕았다. 깊은 곳도 종아리 정도에서 찰랑거렸다. 바닥은 모래였고, 슬리퍼 사이로 밀려오는 감촉이 부드러운 진흙 같았다.

소달구지에 짐을 옮겨 싣고 가볍게 배낭만 멘 채 무리와 함께 두런두런 이야기를 나누며 강을 건넜다. 발아래를 내려다보며 걷다가 문득 강물에 별빛이 비치고 있음을 깨닫고 무심히 올려다보았다. 순간 기다렸다는 듯이 까만 하늘에 촘촘히 박힌 별들이 눈앞에 펼쳐지는 게 아닌가.

"아…" 하고 탄식만 할 뿐 다른 말은 할 수가 없었다. 그 장면은 지금까지 선명한 사진처럼 가슴에 남아 있다.

오지 마을이라고 하지만 아랫동네는 그래도 전기가 들어왔다. 화장실은 남자들도 가기 두려운 상태였지만, 그럭저럭 사람 사는 동네 분위기였다. 꼬마들은 늦은 시간인데도 이방인들을 구경하기 위해 몰려나왔고, 어른들도 궁금해하기는 아이들과 매한가지였다.

하룻밤 쪽잠을 자고 새벽 5시경에 일어나 산으로 향했다. 산 위 마을에는 20여 가구가 있었다. 아이들은 예상보다 훨씬 많았다. 한 집에 몇 명씩은 있는 듯했다. 거기다 아이 엄마들은 어찌나 젊은지, 얼핏 큰 아이들과 구분이 안 될 정도였다. 집은 바닥에서 1m쯤 공중에 띄워 대나무로 만들었다. 바닥 아래에 돌 몇 개를 둘러 찌그러진 냄비 하나 얹은 곳이 부엌이었다. 통풍이 잘 되긴 하겠지만 태풍이라도 오면 위험하겠다 싶었다.

가져간 학용품을 꺼냈다. 먼저 스케치북을 하나씩 나눠 주고 색칠하기를 했다. 간단한 밑그림이 그려진 스케치북이었다. 아이 엄마들의 간절한 눈빛을 도저히 외면하기 어려워 함께 앉아서 하게 했더니 아이들보다 더 좋아했다. 기다란 풍선을 불어 강아지도 만들고 칼도 만들고 꽃도 만들어 주었다. 한쪽에선 가져온 구급약품을 상처 난 곳을 발라 주고 기생충 알약도 나눠 주었다.

서너 시간을 아이들과 놀았다. 기타 치고 노래도 부르고, 그림을 그리고, 간단한 게임도 하고 선물도 나누었다. 그리고 아쉬움이 가득한 눈빛을 남기고 산에서 내려왔다. 도중에 가져간 주먹밥을 나눠 먹었다. 덥고 지친 일정이었지만 함께 간 학생들은 힘든 내색을 하지 않았다. 새로운 세상을 마주한 진지함 같은 것이 있었을 것이다. 기존의 상식으로는 받아들이기 어려운 세상을 보고 내려왔다. 누구를 위한 봉사활동이었는지 분간이 되지 않았다.

아랫동네로 돌아와 작은 구멍가게 두 군데를 다 뒤져서 필리핀 브랜드의 콜라를 한 박스 사서 학생들과 나누어 마셨다. 출처를 알 수 없는 얼음이 불안하기는 했지만 주저 없이 받아들였다. 1.000페소짜리 지폐를 바꿀 수 없어 함께 간 간사님들의 돈을 모아 계산했다. 1,000페소면 우리 돈 2만 5,000원 정도인데 여기서는 마치 처음 보는 고액의 수표처럼 인식되었다.

늦은 간식을 먹고 그곳을 빠져나왔다. 전날 밤에 그토록 부드러웠던 모랫바닥이 현실은 소똥 천지였다는 것을 돌아오는 길에 보았다. 얕은 물길을 따라 길처럼 난 곳으로 사람만 다닌 것이 아니었다. 별을 볼 수 있는 시간은 아니었지만 눈길이 자꾸 위를 향했다. 산 위에 사는 아이들도, 아이 엄마들도, 별들도, 소똥도 금방 그리워질 것임을 짐작했다. 여행을 통해 학생들은 생각이 많아진 것 같다. 그리고 나도 그들 못지않게 위로를 받았다.

지친 일상으로 중년의 걸음이 힘들게 느껴질 때면 오지 마을에서 만난 이들을 떠올려 본다. 그들의 애잔하면서도 행복한 눈빛은 오늘 흔들리는 내게 쉼을 주고, 거짓 없는 아이들의 표정은 너무 많은 욕망을 품고 있는 나를 발견하게 한다.

PART3

우리가 중년을 오해했다

중년도
체력이 필요하다

누구도 과거로 돌아가 과거를 바꿀 순 없지만,

현재부터 새로 시작해 미래를 바꿀 순 있다

· 카를 바르트 ·

담을 한번 넘어 보자

영화 〈쇼생크 탈출〉에 늙은 죄수 '브룩스'가 나온다. 그는 교도소 안에 있는 도서관에서 일한다. 수레에 책을 가득 실어 감방을 돌며 빌려주고 돌려받는 게 일이다. 50년간 감옥에서 지낸 그는 어느 날 가석방으로 자유를 얻어 밖으로 나오게 된다. 그러나 얼마 후 그는 천장 대들보에 '브룩스 여기 있었다'라고 새긴 후 자살한다. 왜 자살했는지 이해하지 못하는 동료에게 동료 수감자인 '레드'는 이렇게 말한다.

"너희가 볼 때는 저 담이 장애물로 보이지?"
"그러나 시간이 지나면 저걸 의지하게 돼."

모두가 아는 영화를 두고 새삼 이 장면에서 고민이 생겼다. 처음엔 벗어나려고 노력했지만 결국 의지하고 있는 내 한계는 무엇일까. 교도소 밖에서 자유를 누릴 수 없는 것이 브룩스만의 문제는 아니라고 생각한다. 가끔 나도 담장 밖에 있는지, 아니면 안에 있는지 헷갈린다. 자유를 얻었지만 여전히 구속된 삶을 살고 있는지도 모른다.

돈도 더 벌고, 건강도 챙기고, 그렇게 부자로 오래 살고도 싶다. 하지만 그런 후에 결국 이루려는 것이 무엇인지 잊은 채 지내고 있다. 겨우 먹고살기 위한 것이라면 담장 안이 더 안전하다.

어릴 적, 네발자전거에서 보조 바퀴를 떼어 낼 때가 생각난다. 그것이 주는 안정감을 포기하기란 여간 힘든 결정이 아니었다. 그리고 찾아온 자유, 처음에는 두렵기만 했다. 지금 나를 둘러싸고 있는 담장은 무엇일까? 그 시절 보조 바퀴를 떼어 내던 것 같은 용기가 필요해 보인다. 아직 남은 인생은 길고, 담장 안에서 여태 의지하던 것들을 붙든 채 그냥 살기에는 삶이 너무 소중하다.

더 힘든 현실이 기다릴 수도 있다. 브룩스처럼 견디지
못할 수도 있다. 하지만 다시 가방을 꾸리고 새로운
여행을 시작할 때 결국 확인될 것이다. 가 보지 않은
길에 대한 모험은 결과와 상관없이 남은 인생을 살아
가는 나를 자유롭게 해 줄 것이라 믿는다.

길 위의 몽상가

일주일에 두 번 정도 집에서 출발해 대구스타디움을 돌고 온다. 10km 조금 넘는 거리다. 피곤해서 포기하고 싶은 날도 있지만, 일단 걷기 시작하면 축 처졌던 몸이 물 먹은 상추처럼 되살아난다. 세상에는 시작이 좋은 것이 있는가 하면, 끝이 좋은 것도 있다. 소파에 누워 리모컨을 드는 건 시작이 좋다. 달콤한 행동이다. 하지만 걷고 돌아와 소파에 앉으면 차원이 다른 행복감이 온몸에 번진다. 걷는 동안 머리가 맑아지고 상상력이 풍부해지면서 무모해 보이는 도전이 가치 있게 느껴진다. 뭐든 충분히 가능할 것만 같은 자신감이 생긴다. 시들만하면 또 걸어서 살을 붙이다 보면 어느새 구체화되고 점점 현실화된다. 걷기는 내게 운동 개념과는 다른 의미를 지닌다.

걷는 행위 자체에 대한 여러 가지 해석이 있지만, 한

편으로 길에 대해서도 생각해 보았다. 길이 가진 치유의 힘을 느끼는 것이다. 길은 사실 누구에게나 열려 있다. 차별이 없고, 변덕스럽지도 않다. 그저 묵묵히 온갖 사색을 다 받아 준다. 변하지 않는 것처럼 보이지만 때론 역동적이며, 침묵과 함께 깊은 에너지를 간직했다가 다시 돌려준다. 그래서 걸을수록 길이 좋아지게 된다. 결국 걷기는 나에게서 시작해 길에 대한 애착으로 전이되어 가는 것 같다.

새로 산 노르딕스틱을 들고 집을 나섰다. 노르딕스틱을 쓰는 사람은 아직 많지 않다. 크로스컨트리 선수들의 여름철 훈련 방법으로 고안된 저충격 유산소 운동을 위한 걷기용 스틱이다. 이번에 큰맘 먹고 구매했다.

포항 호미곶에서 문무대왕릉을 지나 나아해변까지 동해 해파랑길 네 개 코스를 걸었다. 총 80km로 애초 계획보다 하루를 더 보탰다. 2022년 12월 29일부터 31일까지 한해의 마지막 사흘을 바닷바람과 함께 지냈다.

바람은 차가웠다. 조금 과하다 싶게 껴입었지만 그늘진 곳에서 만나는 바닷바람은 칼처럼 사납게 피부 속까지 파고들었다.

단순히 많이 걷는 것이 목적이 아니었다. 바다가 잘 보이는 카페 창가에 자리가 있다면 당연히 거기서 차를 마시고 책을 읽고 노트를 펼 작정이었다.

여행은 늘 어딘가로 떠나는 것이고, 또한 거기서 여기를 바라보기 위한 것이다. 내가 기대하는 것은 그곳이 아니라 거기서 바라보는 이곳이었는지도 모르겠다.

노트북을 메고 다니기를 포기하고 대신 노트와 펜을 챙겼다. 아무리 가벼워도 짐은 시선을 짧게 하고 사색을 누른다. 생각의 속도를 펜이 따라가지 못하겠지만 그럴수록 더 깊은 의미를 찾겠다는 듯 천천히 걸을 작정이었다. 노트는 언제고 수정하고 뗐다 붙였다 할 수 있는 것이 아닌 만큼 펜의 속도에 맞춰 생각을 잡아 둔다. 천천히 걷다 보면 보이는 것이 있고, 천천히 적다 보면 드러나는 진심이 있다. 이번 여행에서 노트와 친해지면 좋겠다고 생각했다.

둘째 날, 새벽 1시에 깬 후로 쉽게 잠들지 못했다. 몇 시간을 뒤척이다가 길에서 일출을 만나기 위해 나섰다. 푸르스름한 하늘과 검은 바다 사이의 경계가 모호하다. 파도 소리에 호흡과 보폭을 맞추며 날이 새기를 바라는 마음으로 남쪽을 향해 걷기 시작했다. 공기가 차갑고 상쾌하다. 숨을 크게 들이쉬니 폐와 가슴, 배 속 깊은 곳까지 정화되는 느낌이었다.

새벽 바다는 잔잔했다. 겨울 바다에서 홀로 송년식을 치렀다. 잊어야 할 것과 추억해야 할 것이 파도처럼 번갈아 왔다 갔다 했다.

사흘간 곁눈질하며 바다와 함께 걸었다. 아무 생각 없다가도 어느 순간이 되면 하고 싶은 일이 마구 떠올랐다. 군대 시절에 휴가 나가서 할 일, 만날 사람,

먹고 싶은 것들을 상상했듯이 자유롭게 떠오르는 대로 생각을 따라갔다. 어차피 다른 할 일도 없었다.

길에서 깨달음을 얻을 줄 알았는데 의외로 답은 걸음보다 느리다. 집으로 돌아와 며칠이 지나서야 생각나는 질문이 생길지도 모른다. 걷기를 마치고 나면 피곤함보다는 다음 일정을 헤아리게 되고, 달력을 넘겨 언제가 좋을지 가늠해 보게 된다. 그렇게 걷기에 중독이 되어 가는가 보다.

태도가 경쟁력이다

'최인아 책방'을 운영하는 최인아 대표의 강의를 들었다. 마치 현장의 맨 앞자리에서 들은 것처럼 호흡마저 생생한 이야기에 몸을 앞으로 기울이고 집중할 수밖에 없었다.

최인아 대표의 살아온 인생을 들었고, 책방을 운영하게 된 계기와 그만의 철학을 들었다. 두 시간이 너무 빨리 지나갔고, 부족한 시간 탓에 준비했던 책방 얘기를 다 하지 못했다. 강사도 나도 아쉽긴 마찬가지였다.

강의는 끝났지만 여운이 계속 남았다. 나는 어떤 태도로 살아왔는지 돌아보았다. 평범한 집에서 태어나 그럭저럭 학창 시절을 보냈던 나는 수많은 이력서를 제출한 끝에 그전에는 전혀 알지 못했던 작은 회사에 들어가 똑같은 일을 똑같은 방법으로 반복하며 살았다. 남들보다 조금 일찍 회사를 나왔지만, 그렇다고 무슨 수가 있었던 건 아니다.

나한테 뭐가 있었는지 잘 몰랐고 '나답다'라는 말을 이해하지 못하고 살았다. 서른쯤에는 마흔 이전에 자리를 잡아야 한다는 강박이 있었지만, 오십이 넘어도 여전히 서른 시절과 별다르지 않은 고민을 하며 지내고 있다. 운이 좋아서 욕심내지 않는다면 그럭저럭 살만한 여건이 되었다. 하지만 여전히 불안하다. 불안한 미래가 경제력만을 의미하는 것은 아니다. 시간은 많고 그것을 무의미하게 보내는 것만큼 힘든 일은 없다. 그러다가 글쓰기를 시작했다. 오십이 넘어 은퇴하고 나서부터다. 학창 시절 누구나 가졌을 법한 문학 소년의 꿈을 내면 깊은 곳에서 꺼냈다.

"나를 위해 살다가 나를 위해 죽는 자 되지 않기를."

너무 거창하고 이상적일지라도 한 발짝부터 내디디는 심정으로 고백한다. 설사 그렇게 살지 못했더라도 나 자신이 납득할 수 있는 노력을 한 것만으로도 위로받고 싶다. 방향을 정하고 세상을 바라보는 태도를 정하고 나니 문제가 쉬워졌다. '삶은 문제 해결의 연속'이라고 했는데 기준을 정하니 판단이 빨라진다.

불확실한 구간을 오랫동안 지나왔다. 그리고 또 여러 개의 불확실한 구간을 만날 것이다. 남은 인생을 사는 동안 내 이름 석 자가 내 브랜드가 되도록, 내가 세상을 바라보는 태도와 관점이 나의 나다움이 되도록 애쓸 것이다. 쉽지 않겠지만 기쁨으로 감당하기를 바란다.

어느새 방전이다

휴대전화를 바꾸는 이유는 배터리 때문이다. 아침 7시에 100%로 시작하지만, 오후 3~4시면 다시 충전기를 꽂아야 하는 사태가 발생한다. 그러면 슬슬 바꿀 때가 된 것이다. 희한하게 약정 기간이 끝나는 시점과 겹친다. 큰 문제는 없다. 싼 걸로 대충 고르고 또 그렇게 2년 정도 사용한다. 그러면 해결된다.

요즘 수시로 방전되는 게 또 있다. 이건 위약금을 아무리 많이 지불하더라도 중간에 바꿀 수가 없다. 오십 년 넘게 쓰다 보니 이렇게 되었다. 이게 진짜 문제다. 예전보다 성능이 많이 좋아졌다고 하지만 무한한 것이 아니니 어쩔 수가 없다. 아침마다 각종 알약을 꽂아 봐도 오래 버티지 못한다. 유일한 방법은 리모델링을 하는 것뿐이다. 시간이 걸리고 힘들더라도 포기하지 않아야 한다는 난관이 있지만.

꾸준히 운동하고, 음식도 신경 쓰고, 정기 검진도 빠지지 않고 받아야 한다. 좋은 생활 습관을 만들고 태도를 개선해야 한다. 몸을 새롭게 바꾸고 유지하는 것이다. 하루아침에 되는 일이 아니지만, 확신을 가지고 멈추지 않으면 성공할 수 있다.

'당장 시작해야겠다!'라고 굳은 결심을 하지만 오늘은 안 된다. 중요한 식사 약속이 있고, 꼭 봐야 할 TV 프로그램도 있고, 그것 말고 해야 할 일도 있다. 도저히 오늘은 시간을 낼 수 없다. 내일부터라면 어찌해 볼 수 있겠다 싶어 일단 미룬다.

알고 있다. 그렇게 한 10년 정도 뭉그적뭉그적하다 보면 도저히 손쓸 수 없는 날이 오겠지. 안다. 당연히 알고 있다. 그러니깐 내일부터 진지하게 시작해 보겠다는 거다. 안 하겠다는 게 아니다. '지금은 급한 일도 있고, 일단 너무 피곤해서 안 되겠다'는 것뿐이다. 이러는 사이에 이미 방전되었다.

* 덧붙임: 글을 쓰고 한참 지나서 다시 읽어 봤다. 이제 진짜 시작해야겠다는 생각이 든다. 책이 출간될 때도 이대로라면 큰일이다. 그러면 내가 쓴 글대로 살겠다는 의지가 전혀 살아 있지 않게 될 테니.

작고 소박한 행복

속물 사회에서 살아가는 법은 뭘까?

질문을 바꿔, 능력 위주의 사회에서 행복해지는 법이라고 해야 할까?

'속물'이라는 어휘는 사람들이 가진 부정적인 선입견과 달리 원래 뜻은 그리 나쁘지 않다. 사전에서는 속물을 '세속적인 일에만 신경 쓰는 사람'으로 정의한다. 그럼 세속적이란 말은 어떤 뜻인가 찾아봤더니 '세상의 일반적인 풍속을 따르는 것'이라 되어 있다. 그러면 일반적이란 건 무엇인가 봤더니 이렇게 나온다. '일부에 한정되지 아니하고 전체에 걸치는 것.' 결국 '속물'은 '세상 전체에 걸친 풍속을 따르는 일에 대단히 신경을 많이 쓰는 사람' 정도로 해석할 수 있겠다.

그런 의미에서 나는 속물이다. 내가 하고 싶은 것보다 남들이 내게 기대하는 것에 더 시간을 들인다. 철저한 속물 인간이다. 그래서 나쁜 인간은 아니지만 별로 행복하지 않았던 것도 사실이다.

〈리틀 포레스트〉라는 마법 같은 영화가 생각난다. 서울에서 힘들게 지내던 주인공이 자신이 살던 시골로 내려가 농사를 짓고 음식을 만들고 귀촌 생활을 하며 힘을 얻는 영화다. 보는 내내 졸더라도 전혀 이상하지 않을 잔잔한 이야기다. 이전에는 몰랐는데 영화를 보면서 '내가 지쳤구나'라는 사실을 깨닫게 한 영화였다.

천천히 호흡하고 마음을 고요히 다스리는 법을 익힌다. 저녁 산책을 하며 발걸음과 생각을 조율한다. 외부로 날을 세웠던 신경을 거두고 뿌리를 찾아 영양분을 공급하듯 급한 마음을 살며시 내려둔다. 오래오래 시간을 들여 자연의 섭리를 배운다. 이것은 마치 영화가 지친 나에게 내려 준 처방전 같은 것이다.

속물 사회나 능력 위주의 사회에서 행복해지려면 내가 서 있는 곳이 어디인지 알아야 한다. 그리고 어디를 바라볼 것인지 정해야 하고, 무엇보다 용기를 내야 한다. 변할 수 있는 용기, 외로움을 누릴 수 있는 용기가 필요하다.

내 주변에서 그리고 일상에서 작고 소박한 것에 집중하며 살아 보자. 별일 아닌 듯 지나치지 말고 나와 상관없어 보이는 것들을 자세히 바라보면 의외로 감격스러운 일이 많다. 길고양이의 몸짓에서, 무화과나무의 새싹에서, 그리고 유모차에 앉아 있는 아기의 신비한 손짓에서 세상의 진짜 행복과 아름다움을 발견해 보자.

너무 큰 꿈을 꾸지 말자. 경쟁이나 서열은 내려놓고 가치 있는 일을 위해 살되, 그 가치에 집중하자. 그렇게 살기로 용기를 내 보자.

오십이 넘었으니 이제 '일반적인 풍속'에서 벗어나는 것도 좋겠다. 더불어, 함께 행복해지자.

내가 원하는 대로 나이 들어가기

베트남 다낭으로 짧은 여행을 왔다. 가능하다면 이 동네를 벗어나지 않고 며칠 머물고 싶다. 낯선 동네를 몇 시간 어슬렁거리다 보면 이들의 삶을 조금 엿보게 된다. 세상이 넓다는 건 당연한 얘기지만 같은 지역에서도 사람마다 다른 안경을 끼고 산다. 다른 시각을 가지고 산다. 알면서도 문득 깨닫게 된다. 돌아다닐수록 나를 더 잘 발견하게 된다. '내가 이랬던가' 하는 일이 자꾸 생긴다. 이래서 여행을 해야 하는지도 모르겠다.

여름 태풍의 한가운데를 지나고 있는 지금, 나는 시원한 나무 그늘에 앉아 느긋하게 커피를 마시고 있다. 더워도 마음만 먹으면 충분히 즐길 수 있는 환경이 된다는 걸 알았다. 영하 27도의 시베리아에서도 그랬듯이, 체감온도 39도인 이곳에서도 미세한 바람만 불어도 쉽게 행복을 찾을 수 있다. 금광을 캐듯 발견할 수 있는 원리만 익힌다면 일상에서 얼마든지 채굴할 수 있는 것이 행복이라는 걸 검증해 가고 있다.

시간이 흐르면서 내가 원하는 대로 나이 들어야겠다는 생각을 했다. 지금까지 10여 개의 명함을 갈아치우면서 가장 신경 쓰이는 일은 주변의 시선이었다. 그런 것에 별로 개의치 않는 성향이지만 똑같은 질문이나 걱정을 자주 듣다 보면 회피하고 싶어질 때가 있다. 큰 의미를 둔 얘기가 아닌데, 거기에다 내 철학까지 장황하게 설명해야 하는 건 얘기하는 사람이나 듣는 사람이 모두 피곤한 일이다.

다행인 것은 시대가 변하고 있다는 점이다. 대학을 졸업하고 들어간 직장에서 정년을 채우고 나오는 사람이 급격히 줄어들고 있다. 여러 가지 이유가 있겠지만 이를 통해 알 수 있는 한 가지는 '하고 싶은 것을 하고 살겠다는 사람이 늘었다'는 것이다. 이는 사회적으로 성공하는가 하는 것과는 다른 문제다. 직업과 직장이 분리되어 이해되는 시대가 되고 있다.

'성공'에 대한 가치를 얘기하자면 또 길어지지만, 하고 싶은 것을 신나게 하면서 살 때 실질적으로 '성공'도 따라오는 시대가 되었다(물론 사람마다 자족의 기준이 다르겠지만).

은퇴하고도 50년은 더 살아야 하는 시대가 왔다. 좋은 대학과 직장에 들어가기 위해 20년 가까이 노력했다면, 이제 새로 시작하는 50년을 위해 투자할 여유가 필요하다. 또한 지금껏 돈을 벌기 위해 노력했다면, 이제는 내 인생을 내 맘대로 살기 위한 노력이 필요하다. 전혀 다른 경험을 통해 새로운 재능을 발견할 수도 있고, 오랫동안 상상만 하던 일을 실행해 볼 수도 있다.

새롭게 원하는 일을 시작해 보자. 이전과 똑같은 패턴으로 돈만 좇으려 애쓴다면 돈을 벌든 못 벌든 결국에는 애만 쓰다가 돌아가실지도 모를 일이다.

임장은 즐거워

"여기라면 (대중교통이나 접해 있는 도로 상황, 주변 아파트 시세, 학군과 편의시설 등을 봤을 때) 평당 800만 원 정도가 적당할 것 같은데…"

예전에 집 짓는 것과 관련된 일을 하면서 땅 보는 재미가 늘었다. 나름의 기준도 생겼다. 둘러봤던 땅의 시세가 엄청나게 오른 것을 두고 수도 없이 아까워 죽겠다는 무용담(?)을 되풀이했다. 그렇다고 좋은 땅을 발견하면 빚을 내서라도 사야 한다는 건 아니다. 그건 투기에 가깝다. 때로는 살짝 아까운 마음이 들기도 하지만 미련은 없다.

땅 보러 다니기는 일종의 취미 활동이다. 생각보다 재미있다. 계약금이라도 준비하고 다니면 더 실감 나겠지만 말이다. 그러다가 정말 필요한 순간에 익힌 기술을 써먹을 수 있다면 이 또한 노력의 대가로 생각할 수 있다. 이 정도를 투기라고 하기에는 너무 지나치다. 다만 시세차익만을 노리지는 않아야 한다는 기준은 있다.

후배가 집 지을 땅을 찾는다기에 주말을 반납하고 함께 돌아다녔다. 수수료를 받는 것도 아닌데(밥은 얻어먹었다) 열심을 냈다. 오히려 내가 하나만 더 보자고 부탁했다. 재밌으면 피곤하지 않다. 배낭여행 다닐 때 새벽부터 무거운 배낭을 메고 파스 붙여가면서 다녀도 신나는 이유와 같다(그 덕에 후배는 딱 좋은 예쁜 땅을 샀다). 지나가다가 '매매' 팻말이 있는 물건을 발견하면 일단 전화를 걸어 본다. '여긴 얼마 정도인가?' 하는 호기심 때문이다. 오지랖이 넓어서 그렇다. 학교 다닐 때 이런 호기심을 공부에 쏟았더라면 어땠을까 싶다.

취미로 하는 것은 결코 무리하지 않는다. 결과에 집

착하지 않는다. 아쉬울 때도 있지만 좌절하지도 않는다. 다치는 사람도 없다.

땅 보러 다니는 일에 특별한 의미를 부여하기는 그렇지만, 이것도 신념을 가지고 대하면 좋겠다는 생각이 든다. 재화의 가치로만 판단하거나 환금성만 따진다면 사는 게 너무 편협하고 초라해질 것 같다. 운동 삼아 다녀도 좋다. 주변 환경도 확인할 겸 골목 구석구석 걸으면서 기웃거려 보자. 가벼운 산행을 하는 것과 별반 다를 바 없다. 오히려 동네 풍경이 더 재밌을 수 있다.

내가 땅을 보러 다니는 건 어디까지나 호기심에서 비롯한 취미생활이다. 이런 취미로는 사회가 밝아진다거나 세상에 유익이 된다거나 하지는 않는다. 하지만 땅의 가치를 분별하면서 나름대로 판단해 보는 즐거움이 있다. 그래서 취미(趣味)인 거다. 나에게 맞는, 나만의 신나는 취미를 개척해 보길 바란다.

빈둥거리며 책 읽기

빈둥거릴 때는 책 읽기가 제일 낫다. 처음엔 다소 지겹게 느껴지더라도 익숙해지면 이만한 게 없다. 침대 끝에 엎드려 얼굴을 내밀고 매트리스와 프레임 사이에 책을 끼워 읽으면 한참을 읽어도 불편하지 않다. 간혹 잠이 들기는 하지만 말이다. 소파에 기대거나 식탁 의자에 바르게 앉아 읽는 것도 좋다. 자세를 바꿔가며 빈둥빈둥 책을 읽는 행위는 심심한 인생에 더할 수 없는 위로가 된다.

가끔 카페에 간다. 우리 동네 스타벅스는 아침 7시에 가도 벌써 앉아 있는 사람이 있다. 8시가 지나면 주차장은 만석이 된다. 그 틈에 끼여 책을 펴고 있노라면 글이 다른 의미로 질문을 던진다. 주변에 따라 해설이 달라지는 것이다. 빈둥거리기 위해(책을 읽기 위해) 카페에 가듯, 같은 목적으로 여행하기도 한다. 기차나 배를 타기도 하고, 공항 대기실이나 동네 놀이터에 앉아 있기도 한다. 온전히 책을 읽기 위해서는 아니지만, 희한하게 그런 곳에서는 유독 책이 재미있다.

비슷한 장소 중에서도 착 붙는 자리가 있다. 거기서는 책만 읽는 게 아니라 글을 쓰기도 한다. '이래서 작가들이 여행을 떠나는구나' 생각된다. 나도 인세가 어느 정도만 들어오면(꾸준히 커피값 정도만이라도) 그러고 싶다. '글만 쓰지 않는다면 작가만큼 좋은 직업이 없다'더니 정말 한량이다.

'빡독'(빡시게 독서하기)을 한답시고 여러 권의 책을 일처럼 읽어 보기도 했지만, 역시 책은 빈둥거리며 읽는 것이 재밌다. 물론 TV 리모컨을 쥐고 있거나 목적 없이 유튜브에 빠져 있을 수도 있다. 뭐가 더 유익할지는 알 수 없다. 사람마다 알아서 선택하겠지. 스스로 선택해서 하는 것이라면 어떤 것이든 나쁘지 않다고 생각한다.

지금 읽고 있는 책에 이런 글이 있다.

"우리에겐 오직 질문하고 여행할 권리만이…."

멋진 표현이다.
여행하고 질문하고 빈둥거리고 싶다.

희미했던 행복을
선명하게 하려면

다들 기억은 믿을 게 못 된다고 얘기한다. 그러면서도 기록하는 일에는 소극적이다. 이건 절대 잊을 수 없다는 착각을 전제하기 때문이다. 중요하지 않은 대목에서 서로 흥분해 자기주장을 할 때가 있다. 그러다 보면 내기를 하자고 한다. 아내와 종종 있는 일이다. 틀릴 수 없는 걸 자꾸 우기니 환장할 노릇이다. 상대도 마찬가지 심정이다. 어찌어찌 확인해 보면 당연히 한쪽이 잘못인 걸 알게 된다. 확인해 줘도 믿지 못한다. 마치 음모론의 대상이 된 듯한 심정으로 억울해한다.

멋진 풍경을 보고 사진을 찍는 대신 눈에 담고 가슴에 담겠다고 하는 사람이 있다. 분명 사진으로 표현될 수 없는 광경이 있다. 사진의 초라함이 오히려 감동을 희석시키기도 한다. 하지만 그때의 느낌을 기록

한 메모나 사진은 중요하다. 그 장면을 추억해 내기에 그만한 것이 없다. 세심한 기록은 시간이 지날수록 더 깊은 감동을 주기도 한다.

기록은 대상을 정하지 않는다. 기록하는 방법이 다양하지만 중요한 건 '일단 적는 것'이다. 마구 적다 보면 습관이 되고, 일정한 패턴이 생기게 되고, 나중에 모여 자료가 되고 방향이 된다. 솔직해질 필요가 있다. 모든 것을 기록하는 것이 좋다. 힘든 감정도 꺼내 놓으면 단순해진다. 불편한 자신을 드러내는 것이 어려울 수 있지만, 오히려 정확하게 인지할 수 있다. 내 상태를 솔직하게 대면하다 보면 생각보다 긍정적이란 걸 알게 된다. 감정이 나를 속이는 것을 막을 수 있다.

갑자기 뭔가 떠오른다면 기록하자. 절대 잊지 않을 거라고 확신하는 것일수록 기록하자. 낙서하듯 대충, 간단하게라도 적어 보자. 의미 없이 흩어질 일들이 기록을 통해 소중한 일상으로 남게 될 것이다.

인간은 한 달에 대여섯 번쯤 감동한다고 한다. 그 감동이 삶을 얼마나 풍성하게 할지 기대된다. 하지만 아무리 감동적인 사건도 시간이 지나면 별일 아닌 것으로 기억된다. 감정은 쉽게 잊히고 단순히 사건만 남기 때문이다. 가수 이문세나 해바라기의 노래를 좋아한다. 어떤 노래는 들을 때마다 그 시절이 소환된다. 노래를 듣노라면 장면이 떠오르고 가슴이 움직이고 시선이 먼 곳을 향하게 된다. 10년 후에 들어도 아마 같은 감동일 것 같다. 기록은 단순히 한 번 들어서 '그냥 안다'는 느낌을 '깊이 관계해서 안다'고 느끼게 만들어 준다. 기록하고 내 것으로 만든 추억은 언제 열어 봐도 감동적이다.

곰돌이 푸는 "매일 행복하진 않지만 행복한 일은 매일 있어"라고 말했다. 행복한 기록이 쌓이는 만큼 삶은 점점 풍성해진다.

결국은 재료 싸움이다

요즘 기록에 관한 정보를 많이 본다. 여태까지는 기록 얘기가 없었는가 하면 그렇지도 않다. 여자들이 파마하러 가는 날에는 온통 다른 사람 헤어 스타일 밖에 안 보인다는 것처럼 나도 기록에 대해 생각하다 보니 계속해서 기록의 당위성만 보인다.

'마케터의 노트'라는 강의를 들었다. 자기한테 맞는 펜과 노트를 먼저 찾아야 한다고 했다. 강사는 메모용 노트를 주문 제작해서 쓰고 있었다. 딱 맞는 질감과 사이즈가 필기를 즐기게끔 한다고 했다. 펜도 특정한 브랜드와 굵기까지 정해서 고집하고 있었다. 그러고 보니 내가 쓰는 펜은 삼색 볼펜으로 굵기도 그렇고 필기감도 별로인 것이었다. 바로 근처 다이소로 달려갔다. 역시나 다이소에는 다이소스러운 것만 있었다.

다이소에서 펜과 노트를 사지는 않았지만 대신 얇고 간편한 메모지를 샀다. 두 개 1,000원이라는 실패해도 아깝지 않은 비용을 들였다. 실패라고 했지만 사실 기록에는 실패가 없다. 적어 두고 잊어버려도 상관없다. 무수한 생각을 잠시 잡아 두는 것만으로 목적은 이미 이루었다. 여기저기 기록할 만한 장비를 분산해 두는 것도 좋은 습관이다. 사람마다 다르겠지만 나 같은 경우에는 그렇다. 그런 목적이 아니더라도 나이가 들면 기억력이 감퇴할 수밖에 없으니 무조건 메모해 놓은 것이 좋겠다.

"세상에 하찮은 것은 없다. 하찮게 바라보는 태도만 있을 뿐."

누가 한 말인지 잊었지만 무조건 옳은 말이다. 휴대전화 메모장에 어떤 상황에서 적은 건지 모를 간단한 한 줄 메모를 유심히 바라볼 때가 있다. 지나가는 생각을 급하게 적은 것이니 전혀 의미 없는 것은 아닐

텐데, 지금 상황에서는 별 감동이 없다. 하지만 반복해서 곱씹다 보면 글이 보여 주지 않은 윤곽을 어렴풋이 유추하게 된다. 처음 메모할 때 느낀 것과 같은지 어떤지는 알 수 없지만 짧은 메모에서 새 길이 보이기도 한다. 마치 산을 오르다가 이전에 보지 못한 작은 오솔길을 발견하는 것처럼.

기록은 질문을 만든다. 어쩌면 좋은 질문을 위해 기록하는 것인지도 모른다. 질문을 통해 내 의견을 만들어 가는 것이다. 거기에는 이전보다 더 좋은 삶을 살려는 의지가 담겨 있다.

요리 실력이 비슷한 요리사라면 신선하고 좋은 재료가 음식의 결과를 좌우할 것이다. 글 쓰는 사람도 마찬가지다. 나처럼 시작한 지 얼마 되지 않고, 타고난 재능이 있을 리 없는 사람은 결국 좋은 재료를 많이 모으는 것이 좋은 음식을 만드는 비법이 된다.

펜을 사러 가야겠다. 잡고 있으면 뭔가 써 보고 싶고
평상시에도 들고 다니고 싶은 멋진 펜을 만나면 좋겠
다. 그 펜을 통해 생각의 밀도가 촘촘해지기를 바란다.

꿈이라도 한번 꾸어 보자

여러 편의 출간 기획서를 가지고 있다. 하나를 골라 다듬어 본다. 자료를 모으고, 가상의 독자를 앉혀 두고 반응을 확인한다. 그렇게 구체화하는 일을 한동안 더 해야 한다. 그러는 동안 공상 같던 일이 현실에 가까워진다. 나도 모르게 51%로 넘어가면서 확정되는 것이다. 그러면 이 일이 어떻게 진행될지 기대하며 흐름에 맡겨 둔다. 분명 알아서 굴러갈 것이다.

다시 새로운 출간 기획서를 꿈꾸고 있다. 슬금슬금 상상을 시작하는 것이다. 거창한 결심이나 계기는 필요치 않다. 따뜻한 봄날 오후에 창가에 멍하니 앉아 그렇게 시작해 본다. 어느 지역을 넘어, 어느 나라를 넘어, 낯선 골목에서 만나는 사람들과 이야기들. 그 속에서 그들과 어울리고 나를 돌아보고….

계획을 세우는 것은 실행 여부와는 또 다른 의미가

있다. 여행 계획도 그렇다. 마치 예정된 운명을 거스를 수 없는 것처럼 그렇게 여행이 시작된다. 그저 계획만 세울 뿐인데, 그저 상상만 할 뿐인데, 적다 보면 뭔가 어길 수 없는 약속을 한 것처럼 가슴 속 깊은 곳에 있는 기억의 방에 넣어 두게 된다. 언젠가는 실행해야 할 것 같은 그런 계획을 쌓아 둔 방이 있다. 소망이 하나씩 생길 때마다 기획서를 적어 넣어 두면 운명처럼 실행하게 되는 그런 방, 멋진 일이다.

나는 여행에 관한 기획서가 재미있다. 자다가 문득 깨어나 마구 상상하는 것은 누가 시킨다고 하는 일이 아니다. 책을 쓰고 싶기도 하지만 여행을 가고 싶은 것이 먼저다. 내가 겪은 일을 글로 옮기고 싶고, 책으로 만나고 싶다. 거기서 내 인생을 점검하고 추억하고 싶다.

출간 기획서를 쓰다 보면 생각이 자유로워지고 난데없는 자신감이 생긴다. 혼자만 간직하기 아쉬워 주변 사람들에게 자꾸 권하게 되기도 한다. 얘기하다 보면 또 새로운 아이디어가 생겨나고 거기서 또 활력이 생기는 선순환이 이뤄진다.

그래서 또 권한다. 누구나 가슴속에 다듬어 놓은 출간 기획서 하나쯤은 품고 살길 바란다. 젊은 청춘만을 얘기하는 것이 아니다. 중년이라면 오히려 살아온 연륜이 더해져 더 멋진 계획을 세울 수 있다. 꿈꾸지 않으면 사는 것이 아니라는 노랫말처럼 중년에 시작해도 결코 늦지 않은 계획은 얼마든지 있다. 그리고 꿈은 아무리 나이가 많아도 가슴을 뛰게 할 것이다. 나의 이야기에 관한 기획서. 그것이 나를 떠나게도 하고, 머물게도 한다. 쓸모없을 것 같은 계획을 긁적거려도 상관없다. 그 습관이 어느 날 꿈을 실행시키는 안내판이 될 것이니.

삶을 기획해 보기 딱 좋은 따뜻한 봄날이다.

PART4

우리가 중년을 오해했다

하고 싶은 게
있다는 것

나이를 먹는다는 게 뭔지 아니?

이야기가 많아진다는 거야

차곡차곡 이 가슴에 쌓이지

그렇다고 그걸 전부 누군가에게 말해야겠단 생각은 안 들어

다만 이야기할 기회가

가끔 찾아오는 것에 감사할 따름이야

· 김탁환 <엄마의 골목> 중에서 ·

1986년에는 무슨 일이 있었을까?

나무위키에 '1986년'을 검색하면 이렇게 시작된다.

"수요일로 시작하는 평년이다.
이 해에는 비극적인 체르노빌 원자력 발전소 폭발 사고가 일어났고, 국내에서는….."

'수요일로 시작한다'라는 정보가 무심하게 첫 줄에 나온다. 그해에 나는 대학에 입학했고, 다음 해에 공군에 입대할 때까지 최루탄 연기와 함께 생활했다. 휴강 메시지가 예고 없이 수시로 칠판에 적혔고, 휴강이 아니더라도 강의실 근처에는 자주 가지 않았다. 야구를 좋아하지 않으면서도 프로야구를 보려고 두 시간씩 줄을 서기도 했다. 그러면서 놀았다. 신나게 논 것도 아니고 그냥 대학에 입학하면 놀아야 한다는 생각에서 심심하게 놀았던 것 같다.

나는 86학번이다. 늘 나이를 얘기하기보다 학번을 얘기하는 편이다. 7살에 입학해서 그렇다. 나이로 하면 왠지 손해 보는 느낌이었다. 이런 얘기는 88서울올림픽이 열리기 전인 아주 오래된 이야기가 되었다. 바로 얼마 전에 입학하고, 군대에 가고, 그녀에게 편지를 쓴 것 같은데 이 모든 것이 아주 오래된 얘기라는 게 믿기지 않는다. 이상하다. 그러면서 살짝 서글프다.

20년쯤 지나 대학원에 들어갔다. 그리고 또 그만큼의 세월이 지나는 동안 여러 곳에서 여러 가지 일을 하면서 다양한 이력의 인생을 살고 있다. 지금은 글을 쓴다. 다른 일도 하지만 글을 쓰고 책을 내는 것에 마음을 두기 시작했다.

글을 쓰면 명함을 바꿀 일이 없다. 죽을 때까지 뭔가를 계속 쓰면 쓰는 동안에는 그 명함을 사용할 수 있기 때문이다. "작가는 글을 쓰고 있는 한 은퇴가 없다"라는 말이 있다. 아직 명함을 만들진 않았지만 언

젠가는 당당하게 만들어 들고 다닐 예정이다. 2020
년에 살아온 인생을 정리한 적이 있다. 그리고 이어서
2021년에 남은 인생을 어떻게 살 것인지 고민하는
작업을 했다. 이 두 번의 깊은 사유는 두 권의 책으로
출간되었고 내 인생의 표지가 되었다.

두 번째 인생을 시작하는 중년이라면 누구나 이전까
지의 인생을 정리하는 과정을 거쳐야 한다고 생각한
다. 50년쯤 살았으면 책 한 권 쓸 분량의 이야기는 있
지 않겠는가. 출간하고 말고는 본인의 뜻이겠지만 기
록하는 것은 명백히 필요한 일이다. 자신을 잘 안다고
생각하지만 아닐 가능성이 크다. 기록하고 정리하면
인생을 어떻게 걸어왔는지, 어디로 가고 있는지가 보
인다.

대학에 입학하고도 긴 시간 학창 시절을 보냈다. 졸
업한 후로는 무슨 일을 하며 살더라도 여전히 따라다
니는 게 그놈의 '전공'이다. 개론조차 기억나지 않지

만, 어쨌든 나는 그 분야에 있어 전공자인 것이다. 그 토록 중요한 대학에 입학한 사건처럼, 두 번째 인생에도 시작을 알리는 사건이 있어야 한다.

1986년에는 성적에 맞춰 눈치 지원을 했다. 여러 개의 지원서를 들고 현장에서 경쟁률을 살피며 엄청난 작전을 수행한 끝에 대학에 들어갔다. 전공에는 내 의지나 의견이 전혀 반영되지 않았다. 그럴더라도 인생 전반전을 전공과 관련된 일을 하며 살았다.

지금 후반전을 앞두고 지원서를 들고 있는 중년이 있다면 최소한 봉투를 열어 내가 어디를 지원하는지는 확인해 보기를 권하고 싶다. 그저 하던 대로 하다가는 살던 대로 살게 될 것이다. 가 보지 않은 길이 궁금하지 않거나 아쉽지 않을 수도 있다. 하지만 우리 인생에는 무수한 갈림길이 있고, 그 가운데 신나는 길들이 아직 열려 있다는 것만큼은 알았으면 좋겠다.

한 20년쯤 지난 어느 날, '2023년도에 도대체 무슨 일이 있었길래 내 인생이 이렇게 드라마틱하고 신날까?' 하며 돌아보는 날을 만날 수 있기를 기대한다.

여름휴가에 대한 단상

코로나19 이전에는 여름에 여행한 적이 별로 없다. 휴가 시즌에는 어디든 비싸고 분주해서 주로 가을에 떠났다. 11월 초순이 여행하기 딱 좋은 시기라고 생각한다. 날씨도 좋고 물가도 싸다. 그리고 무엇보다 가을이라 좋다. 지구 온난화로 여름에 밀려 점점 짧아지는 계절이지만 멋진 노을을 볼 수 있다. 겨울을 기대할 수도 있다. 시간상으로 다소 자유로운 나이가 되니 더더욱 한여름에 휴가를 가지 않겠지만, 그래도 다들 떠나는 '여름휴가' 기간이 되면 괜히 들뜨게 된다.

그러다가 이제 몇 번의 여름휴가를 계획할 수 있을까 생각하게 되었다. 별생각 없이 던진 질문이었는데 생각하다 보니 점점 심각해진다.

'나에겐 몇 번의 여름휴가가 남은 걸까?'

『드라이빙 미스 노마』라는 책에는 아흔에 암 진단을 받고 가족과 함께 여행을 떠나는 노마 할머니의 이야기가 나온다. 그녀는 캠핑카를 타고 미국의 32개 주 75개 도시를 다니다가 여행 중 91세의 나이로 생을 마감한다. 그녀는 "숨이 붙어 있는 한 재미있게 살고 싶다"라고 말했다.

나도 같은 생각이다. 여행을 떠나야지, 숨이 붙어 있는 한. 재미있는 인생을 살고 싶으니까. 그리고 의미 있는 인생을 살고 싶으니까.

멋진 여행을 하려면 계획을 잘 세워야 한다. 계획대로 다 살 수는 없지만(꼭 그러고 싶지도 않지만) 계획대로 흘러가지 않을 때 만나게 될 소중한 경험을 위해서라도 계획은 있어야 한다. 인생 여정이 얼마쯤 남았을까 개수해 보는 것은 현명한 일이다. 그러면 장기 여행을 위한 준비를 할 수 있다. 짧은 일정으로 생을 마감할 수도 있고, 생각보다 오래 여행을 이어갈 수도 있지만, 어느 쪽이든 의미 있고 재미있게 지낼 수 있다. 그러면서 지난 시간을 돌아보기도 하고 천천히 인생을 여행하는 법을 익히기도 한다.

KTX에서 역방향으로 앉은 적이 있다. 창밖 풍경이 멀어지는 걸 오래도록 바라보는 게 좋았다. 다가올 시간이 궁금하기도 하지만, 가끔은 지난 시간을 추억하는 것도 좋다. 앞으로 남은 여름휴가를 위해(아직 많이 남아 있겠지만) 지난날을 돌아보고 또 새롭게 용기를 내어 남은 인생을 달려 보자.

인생 여정은 미리 짜인 패키지가 아니다. 얼마나 남았든 우리 인생을 어떻게 보낼 것인지 스스로 계획을 세워야 한다. 우리는 모두 '자유여행'을 하는 중이다.

언제부터 여행하고 있었던 것일까?

대학 시절, 점심을 먹고 나면 습관적으로 자판기에서 달달한 믹스커피 한 잔을 뽑아 들고 중앙도서관 로비에 있는 신문 열람대에서 여러 신문을 뒤적였다. 헤드라인 뉴스를 보는 둥 마는 둥 하다가 어김없이 아래쪽에 있는 여행사 광고 쪽으로 눈길이 갔다. '북경 3박 4일 25만 원'부터 유럽과 미국, 일본 등 다양한 나라로 떠나는 여행에 관한 '뉴스'가 있다(당시에는 왕복 항공료도 안 되는 금액의 패키지 상품도 있었다. 물론 차액은 현지에서 옵션 투어나 쇼핑에서 써야 했지만). 신문 열람대를 붙들고 있지만 뉴스가 궁금한 건 아니었다. "여행 광고를 보는 사람도 있구나"라며 신기해하는 친구도 있었지만 억지로 누가 시킨다고 보는 건 아니었다. 내게는 그게 신문에서 제일 재밌는 부분이었다.

88서울올림픽이 열리고 다음 해부터 해외여행이 자

율화되었다는 사실도 생경했다. 아주 먼 옛날부터 여행 가고 싶을 때면 언제든 떠날 수 있지 않았나 생각되지만, 신문 광고란 하단에 여행 상품이 본격적으로 올라온 것도 내가 제대할 무렵부터였던 것 같다.

1990년 겨울에 드디어 도쿄로 떠났다. 혼자였고 단기 여행이 아니라 조금 긴 여행이었지만 하루하루 즐겁게 지냈다. 도착한 다음 날 이케부쿠로에 있는 빅카메라에서 2,000엔을 주고 아담하고 예쁜 카메라를 하나 샀다. 그리고 일주일 후에 신주쿠에 있는 가게에서 새벽 알바를 구했다. 일본의 버블 경제가 무너지기 전이라 아르바이트 자리가 차고 넘쳤다.

새벽에 알바를 하고(새벽일이 돈이 된다) 오전 수업이 끝나면 작은 카메라를 꺼내 들고 가볍게 떠났다. 야마노테선(동경 순환선)을 타고 매일 한 정거장씩 내려 동네 구경을 했다. 아담한 집이며, 가게마다 있는 소박한 정원과 아기자기한 장식 등 마치 소품 가게에서 물건을 고르듯 둘러봤다. 동네 깊숙한 곳이면 어김없이 있는 공원에 들어가 벤치에 앉아서는 아이들과 노인들과 비둘기가 어우러지는 풍경을 멍하니 바라보곤 했다.

나는 언제부터 여행을 시작한 것일까?
신문 광고란을 들여다볼 때였는지, 항공권을 끊을 때부터였는지, 아니면 그보다 더 오래전에 여행을 떠나고 싶다는 바람을 처음 갖게 된 때부터였는지 모르겠다. 분명한 건 비행기를 타기 훨씬 전부터 여행이 이미 시작되었다는 것이다.

그리고 지금도 나는 여행 중이다. 어쩌면 나뿐 아니라 누구나 여행 중인지 모른다. 어디로 가고 있는지 알지 못한 채 쓸려 다닐 수도 있고, 흐름과 다른 방향을 개척하느라 무척이나 고단한 삶을 이겨 내는 이도 있겠지만 우리는 분명히 '여행 중'이다.

인간의 생명은 유한하기에 반드시 이 여행에는 끝이 있고, 그래서 더 안타깝고 아름다운 여정이 아닐까 생각한다.

요즘은 여행하며 사는 사람이 많다. 코로나19 이전에는 초등학생들도 방학을 마치면 "넌 어느 나라 갔다 왔어?"라고 서로 물었다. 홈쇼핑 채널에서는 여행 상품이 쏟아졌고, 방송에서도 여행 아니면 먹방 아니면 여행지에서의 먹방으로 연예인들이 먹고살았다. 여행에세이 작가나 여행 유튜브가 창궐했으며, 전 국민이 여행가라도 되는 분위기였다.

2021년 1월과 2023년 1월에 여행 유튜브 부분에서 1위를 차지한 채널의 구독자 수는 이 년 만에 73만 명에서 145만 명으로 엄청나게 늘었다. 코로나19로 인해 현실에서 이루지 못하는 여행 갈증을 유튜브를 통해 풀어내고 있었던 것이다.

여행을 다니자는 캠페인도 아니고, 인생을 즐기자는 얘기도 아니다. 어디서 와서 어디로 가는지에 대한 나만의 답을 발견하고 싶고, 여행을 통해 타인의 삶을 들여다보고 공유하고 공감하고 싶을 뿐이다. 매일 아침 여행처럼 집을 나선다. 물론 집을 떠나 정말로 낯선 골목을 돌아다닐 수도 있다. 어느 쪽이든 나는 매일 여행지에서 숨을 쉴 것이다.

나는 내 삶이 여행임을 언제부터 깨달은 것일까.

여행인 듯, 일상인 듯

가끔 서점에 놀러 갈 때가 있다. 시간을 충분히 두고 둘러본다. 특히 여행 서적 코너에 한참 머문다. 책에 마음을 주고 시간을 내는 일, 서점을 방문하는 순간부터 독서가 시작된다.

여행도 마찬가지다. 예약하고, 짐을 챙기고, 신발을 동여매는 순간 절정에 이른다. 멀리 떠나지 않더라도 미지의 세계를 만날 수 있다. 똑같은 책이나 영화를 여러 번 보는 것과 같다. 눈에 보이는 현상이 전부가 아니다. 어떤 태도로 마주하느냐에 따라 의미가 달라진다. 책과 여행은 인생을 풍요롭게 한다.

좋아하는 장소 중에 일본에 있는 '운젠'이라는 곳이 있다. 일본에서도 유명한 관광지다. 유황이 부글부글 끓는 지옥 온천이 인기지만, 나는 오히려 아랫동네 골목길이 더 궁금했다. 관광객을 위한 대규모 온천탕보다 200엔이면 즐길 수 있는 동네 대중탕에서 목욕하고, 입구 벤치에서 그곳 주민들과 한국 드라마 얘기를 하던 그런 소소한 추억이 그립다.

아산에 있는 단식원에서 대화를 단절하고 지냈던 며칠이나, 겨울에 단양으로 짧은 여행을 혼자 다녀온 일도 생각난다. 그곳에서 눈으로 본 것이 남은 게 아니라 그때의 그 고요가 가슴에 남아 있다. 몽골의 광활한 초원에서 할 일 없이 보낸 시간이나, 러시아 횡단 열차를 타고 여행하던 중 들른 이르쿠츠크의 차가운 거리나, 바이칼 호수에서 반짝이는 윤슬을 멍하니 바라보던 일 등 차분한 여행이 더 오래 기억에 남는다.

'내가 기대하는 여행은 어떤 모습일까?'
'여행을 통해 어떤 질문을 하고, 어떤 답을 찾았던가?'

늘상 떠나야지 하는 생각을 한다. 틈만 나면 여행 사이트를 뒤지고, 블로그를 보고 유튜브를 찾는다. '이제 슬슬 떠나 볼까' 하는 마음이 차오르고 있다. 간절함이 차서 주위의 복잡한 여건을 모두 잊게 할 그날이 되면, 새로 만든 여권을 들고 떠날 것이다.

가볍게 여행하듯 가볍게 살아보면 어떨까. 어딘가에서 '한 달 살기'를 하고 돌아온 가방 그대로 남은 여정을 지낼 수 있다면 좋겠다. 더는 욕망을 담기 위해 애쓰는 시간을 멈추고 타인을 위한 공간을 내어 줄 수 있다면 좋겠다. 그 과정에서 풍성한 여행이, 여생이 되지 않을까 생각한다.

생의 절반을 살고 보니 지난 50여 년이 일순간과 같다. 그간의 시간을 회상하고 후회하고 설레다가 문득 남은 여정의 방향을 점검하게 된다. 관광객은 많지만 진정한 여행자가 드물다고 한다. 흔들리지 말자. 여행은 경쟁이 아니다. 목적지의 스탬프를 찍기 위한 것도 아니고, 정해진 규범대로 완주해야 하는 것도 아니다. 함께 갈 수는 있지만, 결국 자신만의 여정을 만들어 가는 것이다.

'여행인 듯, 일상인 듯.'

여행가로 살아가기로 하면서 내세운 모토(motto)다. 거창하진 않지만 나만의 색을 발견한 것 같아 대견하다. 일상처럼 여행하고 여행처럼 일상을 살아간다면 매일 매 순간 행복에 가까운 선택을 할 수 있을 것 같다.

"여행의 진정한 목적은 새로운 풍경을 보는 데 있는 것이 아니라 새로운 눈을 가지는 데 있다."
-마르셀 푸르스트-

돈 버는 재능은 없다

살면서 재능을 발견하는 일은 매우 중요하다. 재능을 발견하고 그 재능에 따라 노력할 때 엄청난 시너지 효과를 낼 수 있다. 딸이 미술을 하고 있다. 항상 딸아이에게 재능이 있을까 생각한다. 학원에서는 잘한다고 칭찬이 자자하다. 물론 "어머니, 다른 길을 찾아보는 게 나을 것 같은데요"라고 하지는 않겠지만.

음악도 그렇고 운동도 그렇다. 누구나 열심히 하면 즐길 정도는 될 수 있다. 영어도 마찬가지다. 노력하면 배낭여행을 다닐 정도는 할 수 있다. 언어도 재능의 영역이라고 생각한다. 평생 힘들게 붙잡지 말고 깔끔하게 포기해도 된다. 이것도 재능인데 노력으로 넘으려고 하니 힘이 드는 거다. 서로 피곤하다. 물론 포기라는 것이 완전히 손 놓으라는 의미는 아니다.

돈 버는 것도 일종의 재능이다. 난 이게 부족하다. 간혹 돈을 벌 기회를 만나도 '옆길로 가 보면 어떨까?' 하는 생각을 하곤 한다. 희한하다. 아내가 벌고 있기 때문인지도 모른다(틀림없다). 다행히 차나 옷이나 시계 따위에는 전혀 관심이 없다. 밥도 나가서 처음 눈에 들어오는 식당에서 먹는다. 일주일 내내 같은 메뉴를 먹어도 좋다. 술이나 담배도 안 한다. 취미라고는 걷기뿐이다. 이러니 용돈이 부족해도 별 아쉬움이 없다.

돈을 안 벌겠다는 것은 아니다. 다만 어떤 결정의 순간을 만났을 때 첫 번째 목표로 돈을 생각하지 않는다는 말이다. 이것은 의도한다고 되는 것이 아니다. 그렇게 생겨 먹었기에 그럴 수밖에 없다고 소리 높여 항변하는 것이다.

주변에 집 짓는 사업을 하는 친구가 있다. 친구는 그 일에 재능이 있다. 목수부터 시작해 20년간 그 일만

하고 있다. 그도 돈 버는 것보다 좋은 집을 잘 지어서 건축주가 만족해하는 것을 보는 게 더 행복한 사람이다. 사업에 여러 번 어려움을 겪었지만 그런 성향은 잘 바뀌지 않는다. 주변에서 그런 식으로 사업하면 안 된다고들 하지만 본인도 그러고 싶어서 그러는 게 아닌데 어쩌겠는가. 판단의 순간마다 무의식 속에서 돈보다 좋은 집을 지어야겠다는 결정을 하니 방법이 없다. 그래도 소문이 나서 일이 많으니 다행이다.

다른 사람에게 나처럼 살라고 하지는 않는다. 내 얘기는 돈 버는 것도 일종의 재능이 필요한데, 이게 아니라면 너무 이쪽으로 인생을 걸지 않으면 좋겠다는 것이다. 일에 중독된 것처럼 메이지 말고 주변도 돌아보면 어떨까. 너무 무리하지 말고 조금 가볍게 임하자. 부자는 아니더라도 자족하는 삶은 살 수 있다.

50년 넘게 이것저것 해 봤지만 난 돈 버는 재능은 없나 보다. 틀림없다.

당신을 가슴 뛰게 하는 것은
무엇인가요?

코로나19가 시작되기 얼마 전부터 환율 변동과 맞물려 시장 상황이 어려워졌다. 그 여파로 인해 결국 이전에 하던 무역 일을 접게 되었다. 실질적인 실업자가 된 것이다. 하지만 지금도 누구를 만나면 가지고 있던 명함을 내민다. 실적은 없지만 아직 사업자 번호가 살아 있는 회사인 것도 맞고, 굳이 문을 닫았다고 하기도 그렇기 때문이다.

주변 친구들처럼 산에 다니거나 재취업을 위해 여기저기 알아보는 대신, 우연한 기회에 글을 쓰기 시작했다. 출판사에서 하는 글쓰기 강좌를 신청한 것이다. 젊은 새댁 다섯 명 틈에 끼어 매주 화요일 10시에 책방에 앉아 글을 썼다. 잘 쓰고 못 쓰고를 떠나 애초에 그런 건 잘 알지도 못했다. 단지 내가 살면서 간직했던 얘기들을 글로 풀어내는 즐거움을 조금씩 알아갔다. 글을 쓰면서 어렴풋이 떠오르던 추억이 정리되었고, 내 감정을 확인할 수 있었다. 선명해지니 주변 일들도 이해되고, 숙제로 남았던 과거의 문제와도 화해할 수 있게 되었다.

"이 일이 정말 가슴 뛰는 일인가?"

예전에 읽었던 책에서 찾은 문장이다. 한동안 이 말을 자주 생각했다. 그러다가 무심하게 시간이 흐르고, 치열한 사회에서 살아남기 위해 애쓰는 중년이 되었다. 주변에서 하나둘 퇴직하는 것을 보면서 '아, 뭘 해서 먹고살아야 하나?' 하는 생각만 남았던 것 같다.

이제 새로운 도전을 두려워하지 않기로 했다. 어떻게 살 것인지 고민하고, 이어서 어떻게 죽을 것인지 생각하게 되었다. 삶과 죽음이 별개의 것이 아님을 알게 된 것이다. 그냥 살던 대로 살면 좋을 것 같지만, 앞으로 남은 인생을 생각하면 그럴 수 없는 일이다. 새로운 길에 대한 두려움이 있지만, 그러면서도 그것이 주는 가슴 뛰는 설렘도 기대된다. 무모한 용기가 생긴다.

글을 쓰고 책을 출간하고, 산책하며 사색을 즐기고, 그러면서 이제 경제적 자유를 누리기 위한 고민도 하고 있다. 이전에 하던 먹고살기 위한 고민과는 다르다.

삶의 본질을 생각하는 나이가 되었다. 은퇴했다고 해서 인생을 마무리해야 하는 시기는 아니다. 새로운 도전을 위해 마땅히 욕심을 가져야 할 나이가 된 것이다. 나답게 그렇게 가슴 뛰는 삶을 살아 내자.

여행 작가가 되고 싶다

책을 쓰겠다는 생각을 처음 한 것은 고등학교를 졸업
하고 나서다. 성적이 되지 않아 일반 고등학교에 진
학하지 못했다. 그런 아이들만 모아놓은 곳이어서 사
건 사고가 일상으로 일어났다. 미담도 있겠지만 대부
분은 그렇지 못했고, 고등학생이 경험하기 어려운 일
을 많이 보았다. 그래서인지 졸업하면서 이 얘기들을
꼭 책으로 써야겠다고 생각했다. 오랫동안 그 얘기를
하고 다녔다. 사람들이 쉽게 접하지 못하는 일들이라
신선했을 것이다.

그러다가 영화 〈친구〉가 나오고, 유사한 소재의 영화
와 시나리오가 넘쳐 나면서 식상한 주제가 되어 버렸
다. 나로서는 실제로 겪은 일이지만, 듣는 사람들은
허구로 받아들이겠다는 생각이 들었다.

책을 출간한다는 것은 히말라야를 등반하거나 산티아고 순례길을 완주하는 계획과는 전혀 다른 성질의 것이다. 그것들도 실행 가능성이 매우 낮은 일인 건 사실이지만, 만에 하나 얼떨결에 친구 따라 성공하게 될 수도 있다. 그에 비해 책 쓰기는 완전히 성질이 다르다. 여러 번 시도할 수 있지만, 결과를 만드는 건 전적으로 자기 몫이다. 좋은 출판사를 만나고, 그룹을 만들어 시간을 내서 노력하고, 관련 서적을 수십 권 읽더라도 결국 글을 쓰는 건 혼자 해야 한다. 여럿이 어울려서 얼떨결에 따라갈 수 있는 일이 아니다. 뭔가가 떠오르든, 고독하게 책상에 앉아 뚫어지게 모니터만 바라보든 철판을 깔고 일단 써야 한다. 나를 아는 사람이 절대 읽지 않기를 바라면서….

어떤 작가는 하루에 쓸 분량을 정해 놓고 성실히 매일매일 딱 그 분량만큼만 글을 쓴다고 한다. 반면 차고 넘칠 때까지 기다렸다가 한 번에 쏟아 낸다는 작가도 있다. 방법은 다르지만 분명한 것은 글을 쓴다는 것이다. 일단 앉아서 쓰기 시작하지 않으면 아무것도 쓰이지 않는다. 머릿속으로 구상만 하고, 메모만 열심히 한다고 글이 완성되지는 않는다.

아주 우연히 글쓰기를 시작했다. 〈기록 디자이너〉라는 프로그램에 참여하게 된 것이다. 일주일에 한 번, 3개월 과정이었다. 과정이 끝나고 함께 참여했던 분 가운데 몇몇이 책 쓰기에 도전하는 엄청난 상황이 벌어졌다. 그렇게 나온 것이 『꾸준하게 실수한 것 같아』이다. 이어서 1년 동안 준비한 끝에 『다섯 시의 남자』를 출간했다. 그리고 2023년 『우리가 중년을 오해했다』를 준비하고 있다. 가능할 것 같지 않던 일들이 이어지고 있다. 당장 인생이 끝나지 않는 한 이 책이 마지막이 되지는 않을 것이며, 나의 도전 또한 멈추지 않을 것이다.

여행 작가가 되고 싶었다. 여행을 좋아하고, 꾸준히 기록하고 있지만 여행 에세이를 쓰는 것은 또 다른 시작이다. 내 이름이 찍힌 여행 서적을 한 장 한 장 넘기는 희열을 맛보고 싶다. TV 진열대 위에 세워 두고 힐끗힐끗 계속 쳐다볼 것이다. 생각난 김에 또 여행 에세이를 몇 권 샀다. 그들은 어떤 여행자였는지, 무슨 얘기를 하고 있는지 살폈다. 그중에 마음이 맞는 작가들의 책을 더 주문했다. 작가의 시선이 부러웠고, 문체에서 묻어나는 그들만의 향기가 부러웠다.

'나도 이들처럼 쓸 수 있을까?'

의문과 좌절이 동시에 찾아온다. 그래도 쓸 거다. 그러기 위해 매일 짧은 글이라도 메모하고, 고쳐 쓰기도 열심히 하고, 무엇보다 포기하지 않기로 했다.

'결혼식을 올렸다고 해서 이튿날부터 바로 부부가 되는 것은 아니다'라는 말이 있다. 진실한 부부가 되기 위해 한평생 노력이 필요하듯, 좋은 여행자가 되기 위해 열심(熱心)히, 가슴 뜨겁게 노력해야겠다.

글쓰기가 취미입니다

내가 청소년기를 보냈던 1980년대에는 취미가 뭐냐고 물으면 특별할 것 없는 답이 돌아왔다. 우표 수집, 독서, 음악 감상 등. 대개 이 정도에서 80~90%가 걸러졌다.

책 출간 소식을 듣고는 책 내는 것이 꿈이었던 시절에 관해 얘기하는 사람이 많았다. 그러면 "지금이라도 시작하세요." "당연히 할 수 있죠!"라는 말로 화답했다. 정말 그렇게 믿으면서. 글쓰기나 책 쓰기는 당연히 '지금부터' '누구라도' 할 수 있는 일이니깐.

〈브런치〉에서 어느 작가의 글을 읽었다. 아이 둘을 둔 엄마로, 전쟁 같은 육아 현장과 컨베이어 벨트처럼 끊임없이 밀려오는 집안일 가운데 주방의 작은 공간에 기대어 시간을 쪼개 글을 쓰는 모습을 보았다.

'아, 이분은 참 힘들게 글을 쓰고 있구나.'

'정말 글이 쓰고 싶은 것이구나.'

똑같은 여건이었다면 나는 과연 이들처럼 간절할 수 있었을까. 온통 불만과 좌절에 묻힌 채 그 옛날 한 번쯤 꾸었을 꿈만 가끔 회상하며 현실에 딱 달라붙어 살고 있지 않았겠는가. 아기 엄마의 환경을 보면서 '누구나 할 수 있는 글쓰기며 책 쓰기'란 말이 과연 가능한 것인지 생각하게 되었다. 내가 꾸준히 글을 쓰지 않는 수십 가지 이유는 사실 게으름 때문이다. '때를 만나기 위해' 기다린다고 하지만, 사실 하염없이 미루고 있을 뿐이다.

글을 쓰면서 먼저 고민하는 것은 사람들이 과연 읽을 것인가이다. 두 번째는 욕먹진 않을까 하는 것이다. 욕이라도 먹으면 그래도 관심을 받은 것이라 하겠다. 화장실에 낙서한 글귀를 보듯 그냥 '여기 글이 있구나' 정도로 취급받을까 봐 겁난다. 그래서 글쓰기가 어렵다. 특별히 내 글에 심오한 의미를 두려는 것도 문제다. 50년 넘게 살았으니 뭐라도 의미 있는 글을 짜내려고 애쓴다. 살아 온 인생에서 기가 막힌 의미를 발견했다는 걸 글로 나타내려는 것이다. 그러다 보니 글이 내 삶의 현실적인 선을 넘는 일이 잦다. 내가 쓴 글을 나를 잘 아는 사람이 발견하게 될까 두렵다.

그럼에도 불구하고 글을 쓴다는 것은 참 멋진 일이다. 넘치는 정보들을 제대로 이해하게 하고, 그것이 내 것이 되게 하고, 삶 속에 활용할 수 있게 한다. 이런 결과를 지속적으로 만들어 내면서 좀 더 의미 있는 인간이 되어 간다.

글을 쓰면서 점점 내 말이 변하고, 생각이 변하고, 삶의 태도가 달라지는 것을 느낀다. 내가 쓴 글처럼 살기 위해 노력하게 된다. 남들에게 어떻게 보일까 고민하다가 어느새 나 자신의 눈치를 보게 된다. 내 글처럼 살고 있는지 점검하게 된다. 좋은 글을 쓰고 싶은 만큼 좋은 삶에 대한 욕망이 커진다.

중년이 되고 은퇴하면 누구나 글을 써야 한다. 사회와 새롭게 소통하기에는 글쓰기만 한 게 없다. 인터넷을 통해 읽고 쓰면서 사람들에게 다가가는 것이다. 나이가 들면 생각할 시간이 많아지는데, 이것 또한 정리하지 않으면 퇴색하기 쉽다. 오늘의 시간을 기록하고, SNS를 통해 소통하고 다른 글과 가까워지면서 사회와 안정적인 교감을 누릴 수 있다.

취미를 하나 더 가진다 생각하고 꾸준하게 글쓰기를 이어 가면 좋겠다.

책을 읽고, 글을 쓰고,
그리고 여행을 떠나다

남문시장 네거리 모퉁이에 있는 '코스모스 북'이라는 중고 서점에서 책 한 묶음을 샀다. 지도에는 이곳이 헌책방골목이라고 나와 있지만 남은 책방은 몇 군데 되지 않는다. 벼르고 벼르다가 드디어 찾아갔다. 여유 있게 시간을 내고, 차를 안전한 곳에 주차한 뒤 한참 걸어 서점에 들어섰다.

"여행 관련 책은 어디에 있나요?"
"2층으로 올라가는 계단 끝 쪽에 보세요."

계단을 따라 책이 빼곡한 책장 속에서 철 지난 책을 골랐다. 제목, 작가, 프로필과 이전에 출간했던 책을 살피고, 목차를 쭉 읽다가 공감 가는 부분을 발견하면 조금 읽어 보기도 하고… 어정쩡한 자세로 한참을 매달려 있다가 책 15권을 골라 들고 내려왔더니 서점

주인이 심사하듯 말했다.

"자, 어떤 걸 골랐는지 한번 볼까요?"

왠지 자세를 바로 하고 두 손마저 공손하게 모아야할 것 같은 분위기다. 주인장의 심사를 마친 책들을 가져와 깨끗이 닦아 책장에 꽂아 두고 흐뭇한 미소와 함께 바라본다. 순식간에 7권을 읽었다. 그러는 사이 작가의 다른 책을 검색해서 또 주문했다.

김민철 작가, 오소희 작가, 변종모 작가 등. 나는 결코 이들처럼 글을 쓸 수 없다는 사실을 알았다. 아니, 이들처럼 여행할 수도 없다는 것을 알았다. 여행에 대한 욕망이, 간절함이 이들과 같지 않다. 그렇다고 포기하지는 않는다. 나에게는 나의 감성이 있고, 나만의 길과 계절이 있다. 이들의 여행과 글을 통해 배운 지혜일지도 모른다. 책은 사람을 변하게 한다. 갈증을 느끼게 하고, 그것에 반응하도록 끊임없이 설득한다.

문득 '윤슬책방'에서 읽었던 작가님의 책들이 뜬금없이 떠올랐다. 여러 군데 심하게 줄이 그어져 있고, 귀가 접혀 있고, 메모가 달린 책들. 처음 봤을 때 그것들은 진열장에 예쁘게 '장식된 책'이 아니었다. 작가의 삶과 혼신의 땀이 문장으로 옮겨진 진짜 '글'이었다.

책은 사람의 마음을 꿰뚫고, 가던 길을 멈추게 하고, 시키지도 않은 일을 하게 한다. 다시 스무 살이 되고 싶게도 하고, 멋진 일흔 살을 꿈꾸게도 한다. 거들떠보지 않던 것들이 사랑스러워지고, 사소한 일상이 문득 행복해지는 기적을 맛보게도 한다.

'글이란 이런 것이구나. 책이란 이래야 하는 것이구나.'

블로그 화면의 소개 글을 바꿨다.

"책을 읽고, 가끔 글을 쓰고, 그리고 여행을 떠난다. 오래 살아도 늙지 않기를, 열정만은 청춘이기를 꿈꾼다."

분주한 감정을 글로 잘 풀어낼 수 있으면 좋겠다. 다른 사람들에게 영향을 끼치지는 못하더라도, 내가 내 글로 인해 변하면 좋겠다.

에필로그

우리가 중년을 오해했다

오래 살아도 늙지 않기를,
열정만은 청춘이기를

인간은 운명의 포로가 아니라

단지 자기 마음의 포로일 뿐이다

· 프랭클린 D. 루스벨트 ·

'이번 주만 지나면….'

'이번 일만 끝나면….'

'이번 고비만 넘기면….'

파도처럼 쉼 없이 밀려오는 '이번'의 과제 속에서 내 의지대로 움직일 틈이 없었다. 바다에 떠 있긴 하지만 거센 파도 앞에 결국 나가지 못하는 작은 배처럼 속 절없이 묶여서, 그래서 존재 의미를 잃어 가는 슬픈 배가 되고 있었다.

2022년 3월 14일. 날이 더워지기 전에 엉덩이에 난 종기를 떼려고 동네 외과를 찾았다. 거기서 피부암 진단을 받았다. 암이라지만 위험하지 않은 암이다. 6월 7일 경북대학교병원에서 수술을 끝냈다. 6개월 후에 경과를 보자고 했다. 6개월 후에 확인하고, 또 6개월 후에 다시 가서 검사하고. 그리고 아무 일 없으면 최종 완치 판정을 받는다.

농담 삼아 이제 50년밖에 못 산다고 얘기하고 다녔다. 그러다가 문득 '50년이라는 시한부 인생을 살고 있는 건가?' 하는 장난 같은 상상을 해 봤다. 길면 50년, 짧으면 얼마나 짧아질지 알 수 없는 인생이 된 것이다. 피부암 자체가 나를 어쩌지는 못했다. 하지만 그것이 주는 신호가 '어떻게 살 것인가?' 하는 무시하지 못할 질문을 집요하게 던졌다.

암으로 죽으나, 감기로 죽으나, 사고로 죽으나, 나이 들어 죽으나, 어차피 끝은 있다. 마치 마지막이 없는 것처럼 살다가 진짜 마지막을 얼떨결에 만나면 얼마나 억울할까? '진작 알았더라면'이라고 변명하겠지만, 사실은 진작 알고 있었다. 모른 척했을 뿐이지. 어쩌면 내가 나를 속이고 있었는지도 모른다.

이제 '목표를 세우고 전념해야 하리라' 따위의 결심은 하지 않는다. 그러기에는 선택사항이 너무 많다.

어릴 적부터 착하게 생겼다느니, 공부 잘하게 생겼다느니(당시에는 착한 게 공부 잘하는 거랑 동일한 의미였는지 모르지만) 하는 말을 줄곧 듣고 살아서 그런지 공부는 못했지만 착한 척은 하며 살았다. 그래서 지금도 남들 눈치를 자꾸 본다. 내 생각보다 남들이 어찌 생각할지 먼저 걱정하는 게 습관이 되었다.

열심히 살았다.
힘든 시기도 있었고, 좌절하기도 했다. 그리고 이제 중년이 되고 은퇴하고 두 번째 인생 앞에 마침내 섰다. 남은 길은 여러 갈래가 있고, 어쩌면 한 번도 생각해 보지 못한 일들을 만날지도 모른다. 일기를 쓰듯 기록하고, 새로운 여행을 하고, 다시 방황해 보자. 오늘이 유일하고, 소중하고, 가치 있다는 것을 깨닫는 삶을 살아 보자.

지금은 리허설을 하는 시기라 생각한다.
이것도 해 보고 저것도 해 본다. 실수해도 되고 틀려

도 상관없다. 오십이 넘었지만 시간은 생각보다 많이 남았다.

도전하자.

결과에 연연하지 말고.

어차피 시한부 인생이지 않은가.

생각을 담다
마음을 담다
도서출판 담다

두 번째 50년을 시작하는 청춘들에게

우리가 중년을 오해했다

초판 1쇄 2023년 4월 20일
지은이 박성주

발행처 담다
발행인 김수영
교열 김민지
디자인 김혜정
출판등록 제25100-2018-2호
주 소 대구광역시 달서구 조암로 38, 2층
메 일 damdanuri@naver.com
문 의 070.8262.2645

ⓒ 박성주, 2023
ISBN 979-11-89784-31-7 (03810)

청춘은 노을처럼 내 가슴을 붉게 불태우더니
어느새 차가운 회색빛으로 다가와 있습니다.

스르르 열정이 식어 가던 어느 날.

여전히 방황하는 내 모습에서 다시 청춘의 계절을 꿈
꿀 수 있다면, 다시 봄을 기대할 수 있다면 하는 마음
으로 여행을 떠나기로 했습니다.
지금부터 시작될 여행은 삶과 이어져 긴 여정이 될
것이고, 다시는 예전으로 돌아서지 못할 것입니다. 그
것은 여행이 주는 설렘이자 두려움이겠지요.

모든 여행을 마치고 돌아와서야 깨닫게 될 것입니다. 끝이라고 생각했던 막다른 길에서 우리는 방황하고 후회하고 또 선택하면서 다시 시작했다는 것을요.

'중년'이든, '신중년'이든 무수한 갈림길을 지나왔지만 끝난 게 아닙니다.

열정을 온전히 되살려 다시 방황하고 싶습니다.
중년이지만 아직 청춘이니까요.